Milas Ferientagebuch: Berlin

BIANKA MINTE-KÖNIG

# *Milas Ferientagebuch:* Berlin

Planet Girl

In Erinnerung an meinen Vater,
den Berliner Buchhändler
C. H. Willy König

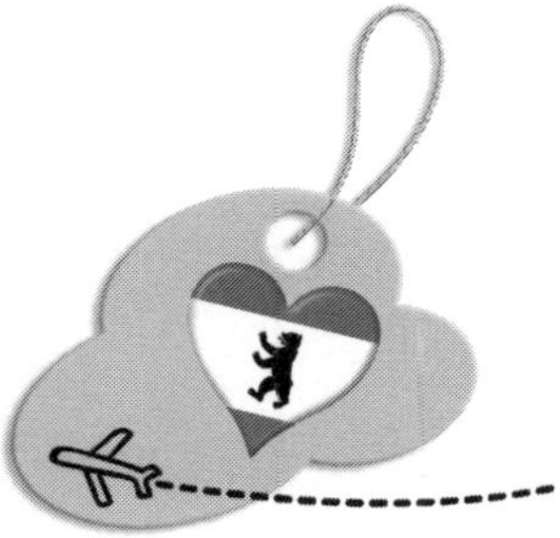

**Berlin** *war immer gut zu mir.*

*Jeder meiner Gedanken an diese Stadt ist positiv.*

*Bunt, glitzernd, neonschrill, Farbe gewordene Lebenslust. Sie verströmt die Atmosphäre eines Feuerwerks, das prickelnde Erwartungen auf wundervolle Sternenschauer weckt und zugleich vor dem Knall schaudern lässt.*

*Ich bin zu jung, um die Schatten der Vergangenheit zu fürchten, und ich fühle nicht die Kälte der Gegenwart, die andere hier spüren wollen.*

*Berlin hat mich nie abgewiesen, sondern stets umarmt, doch nie geklammert. Wer nicht will, muss hier nicht bleiben.*

*Da ist der Berliner klar in seiner Ansage: »Jehnse mit Jott, aba jehnse!!«*

*Mal trommelt der Herzschlag der Stadt im Stomp-Rhythmus der Mülltonnenorchester und sie wippt ekstatisch im Takt ihrer Kieze mit. Mal muss sie sich selbst die Augen zuhalten, weil sie von ihrem eigenen Glanz geblendet ist.*

*Ich weiß nicht, ob sie jemals die grelle Schminke abkriegen wird? Ob jemals die Scheinwerfer, die sie gna-*

*denlos anstrahlen, ausgestellt werden und ob sie dann fähig ist, von innen heraus selbst zu leuchten?*
*Kaum vorstellbar, dass diese Atemlose jemals zur Ruhe kommt.*
*Aber ich nähere mich ihr mit großer Neugier.*
*Ich hoffe, dass wir uns mögen werden. Auch dann noch, wenn wir uns etwas besser kennen. Denn schließlich bin ich ja eigentlich auch eine Berlinerin!*

## SONNTAG – DREI WOCHEN VORHER

Ich klappte mein Tagebuch zu. Das musste jetzt erst mal reichen. Klang doch schon fast literarisch ... äh ... also für eine Jungautorin wie mich doch gar nicht so schlecht, oder? Beim letzten Satz musste ich sogar grinsen. Tja, in einem Intercity vor den Toren Berlins geboren zu werden, war schließlich etwas Besonderes und schuf schon eine speziellere Beziehung zwischen der Stadt und mir, Mila Schnauze, dem Girl mit der frechen Klappe, das gerne mal eine Lippe riskierte! Nicht ganz untypisch für den Berliner. Na, mal sehen, ob es da noch mehr Übereinstimmungen gab, und was aus uns, Berlin und mir, noch werden würde.

Okay, um alles, was mir in den letzten Tagen passiert war, aufzuschreiben, fühlte ich mich im Moment einfach zu müde. Dazu blieb ja morgen noch Zeit. Jetzt wollte ich nur in mein Bett fallen und noch ein bisschen weiterträumen. Von Berlin und den ultimativen Ferien dort! Ich war doch einfach ein Glückskind! Gute Nacht!

**Berlin ist ...** ***wenn dir das Schicksal die Schlüssel für ein Luxuspenthouse auf einem Silbertablett serviert und du glaubst, dein Schwein pfeift!***

Ich musste dieses sensationelle Angebot meines Vaters Robin van Dalen natürlich annehmen: eine Woche Berlin – und das in den Sommerferien! Das war doch wohl der Hammer!

Ganz unauffällig hatte er es meiner Mutter untergeschoben. Ob sie wohl was dagegen hätte, wenn ich während seiner Amerikareise ein bisschen seine Wohnung hüten würde? Was er so Wohnung nennt: klitzekleines Penthouse von etwas mehr als 100 Quadratmetern über den Dächern von Berlin. Für einen erfolgreichen Medienmanager wie ihn gerade so angemessen. Keine Sache, da den Haushüter zu spielen.

Aber irgendwie schaltete ich nicht gleich, Mama schon, und ihr gefiel die Idee gar nicht.

»Robin, findest du Mila dafür nicht etwas zu jung?«, fragte sie auch sofort. »So alleine in der Großstadt, in einem Luxuspenthouse?«

»Nun«, sagte mein Vater ruhig, »ich dachte, Mila würde ihren Geburtstag gerne mal an einem speziellen Ort feiern. Natürlich kann sie eine Freundin mitnehmen.« Er zwinkerte mir direkt etwas spitzbübisch zu. »Oder einen Freund. Die

Bahnfahrt für euch ist natürlich im Geburtstagsgeschenk inklusive.«

Erst in diesem Moment kam die Botschaft wirklich bei mir an. Schlagartig war mir klar, dass es ihm gar nicht ums Housekeeping ging. Er wusste ja, wie sehr ich plötzlich vom Reisefieber gepackt worden war, und schenkte mir auf diese Weise zum Geburtstag einen supertollen Ferientrip in die Hauptstadt. Ich hätte ihn knuddeln können. Er war und blieb der coolste Daddy der Welt!

Doch leider war meine Mutter immer noch nicht damit einverstanden.

»Meinst du nicht, Robin, dass die Kinder dafür noch ein bisschen zu jung sind?«, fragte sie doch tatsächlich und sie sagte wirklich KINDER!

»Wir sind keine Kinder!«, wurde ich sofort pampig, weil ich meine Träume schon wie Seifenblasen zerplatzen sah. »Ist ja total lächerlich und peinlich, wie du mich behandelst!«

»So nicht, Mila«, reagierte sie scharf, »nicht in diesem Ton!«

OMG, dann eben in einem anderen. Ich verlegte mich aufs Betteln. Furchtbar, dass man sich als junger Mensch ständig so verbiegen musste, um den Erwachsenen etwas abzuschmeicheln, was sie einem auch so einfach mal zugestehen könnten. Ich war immerhin bereits auf Mallorca und in Paris und bin wirklich kein Baby mehr.

»In Paris und auf Mallorca waren aber immer erwachsene Aufsichtspersonen in der Nähe«, sagte meine Mutter ungerührt. »Sonst hätte ich das auch nicht erlaubt.«

Patsch, das war wie eine Ohrfeige. Wo nahm ich für Berlin schnell so jemanden her? Erwachsene Aufsichtspersonen konnte man schließlich nicht einfach mieten. Oder vielleicht doch? Quatsch, das würde ja voll als Spaßbremse wirken. Dann kam mir eine Idee!

»Und wenn Hanna und Gerard mitkommen würden? Gerard ist erwachsen und hat schließlich in Paris auch den Aufpasser spielen dürfen!«

Mein Vater fand die Idee auf Anhieb gut, aber meine Mutter blieb skeptisch.

»Das wäre doch toll, Mam, so ein richtiger Pärchenurlaub in Berlin, wir machen auch keinen Unsinn, ehrlich, versprochen!« Ich wusste zwar sowieso nicht, welchen Unsinn wir hätten machen können, aber um Mams Zustimmung zu kriegen, hätte ich das Blaue vom Himmel runtergefaselt. »Vielleicht haben Kati und Tobi ja auch Lust?«

Mein Vater lachte. »Dann wäre die Geburtstagsgesellschaft komplett. Also ich finde das eine fabelhafte Idee.«

So gab auch meine Mutter schließlich mit einem resignativen Seufzer nach. Mit einem lauten Jauchzer stürzte ich ans Telefon, um sofort meinen Freunden diese geniale Nachricht zu überbringen.

»Das werden der coolste Geburtstag überhaupt und die unglaublichsten Ferien unseres Lebens! Die freuen sich bestimmt scheckig!«

**Berlin ist …** ***wenn niemand Nein sagen kann, der dahin eingeladen wird.***

Nicht so ganz. Markus fand die Möglichkeit, einen Teil der Ferien in einem schicken Penthouse in der Hauptstadt zu verbringen, zwar ganz großartig, meinte aber dennoch relativ zurückhaltend: »Mein Vater hat mich eigentlich für die Sommerferien auf dem Reiterhof eingeplant. Du weißt doch, dass wir in der Zeit immer die meisten Gäste haben und wir beide Reitunterricht geben müssen.«

Ich schluckte, und weil ich deswegen schwieg, fügte er hinzu: »Ich dachte, du kommst wieder auf den Hof. Es war doch immer so schön.«

»Du, äh, du willst doch nicht sagen, dass du nicht mitkommen kannst?« Es fiel mir schwer, meinen Frust zurückzuhalten. Ich bot ihm einen super Luxusurlaub in Berlin an und er dachte nur an seine Gäule, statt an uns!

Er hörte meiner Stimme wohl an, dass ich angesäuert war, denn er lenkte sofort ein.

»Ach, Mila, du weißt doch ganz genau, dass ich jede freie Minute, die ich habe, am liebsten mit dir verbringen würde. Berlin ist bestimmt eine ganz tolle Erfahrung und deinen Geburtstag dort zu feiern, ist eine super Idee.«

»Aber du willst trotzdem lieber bei euren Pferden bleiben?«

Er lachte und meinte dann mit leicht ironischem Unterton in der Stimme: »Mila, jetzt red keinen

Unsinn! Und glaub ja nicht, ich würde dich schon wieder ohne mich verreisen lassen! Du düst mir in letzter Zeit ein bisschen viel in der Weltgeschichte herum. Da vereinsame ich ja völlig!«

Mit diesen Worten hatte er natürlich wieder mal mein Herz erreicht und so wich mein Frust einer gespannten Erwartung.

»Dann sprich ganz schnell mit deinem Vater, ja? Und ruf mich sofort danach an. Ich drück die Daumen, dass er es dir erlaubt!«

Markus schickte einen Kuss auf mein Ohr und hängte mich dann ab.

*Markus. Oh ja! Der musste unbedingt mit!*
*Er ist mein Freund und der coolste Junge der Welt.*
*In der Siebten habe ich ihn gehasst und Anfang der Achten hat er immer noch genervt. Da hat die Luft geknistert, wenn wir uns im selben Raum aufgehalten haben, das war wie Blitz und Donner! Im Unterricht war das hochproblematisch, die Aufmerksamkeit bei mir gleich null … und meine Noten entsprechend … Das lief auf Zoff ohne Ende, aber nicht auf eine Beziehung hinaus, auf Liebe schon mal ganz und gar nicht. Der Typ war einfach nur ein arroganter Macho-Arsch, jedenfalls in meinen Augen und in denen meiner Freundinnen ebenfalls. So ein Typ ging natürlich gar nicht. Allerdings war er ein verdammt gut aussehender Macho-Arsch, mit kräftigen dunklen Haaren und braunen Augen, deren tiefgründiger Blick einen verhexen konnte. Aber dann war so einiges in meinem*

*Leben passiert … und ja, irgendwann hat es plötzlich total zwischen uns … also gefunkt … und jetzt sind wir schon eine ganze Weile zusammen und er ist tatsächlich das Beste, was mir in puncto »Jungs« passieren konnte. Kein Wunder eigentlich, denn sein Name ist Programm: MarKUSS! Doch wirklich, er küsst so was von zärtlich und … cremig!*
*Ich seufze, schließe die Augen und träume mich mit ihm nach Berlin, wo wir in einem Boot auf der Spree fahren. Händchen halten und knutschen.*
*Die Hauptstadt gleitet an uns vorbei und ist uns völlig schnuppe. Aber Berlin verkraftet das. Die Stadt hat genug Selbstbewusstsein, sich irgendwann dann schon wieder ins Gedächtnis zurückzurufen. Sag ich mal so.*

**Berlin ist …** ***wenn Leute, die du einlädst, auch gleich noch ihre Freunde mitbringen!***

Ich erreichte meine Freundinnen per Handy am Abend. Natürlich waren sie gleich hellauf begeistert, wer wäre das nicht gewesen bei so einem tollen Angebot.

Hanna war aber bereits mit Gerard für die Ferien in Potsdam verabredet. Leider!

»Er steckt mitten im Vorexamen und ich muss ihn abhören, du glaubst nicht, was der alles in seinen Kopf stopfen muss, alleine die ganzen Paragrafen …« Doch da Potsdam praktisch ein Vorort von Berlin ist, versprach sie mir, wenigstens zu meinem Geburtstag mit ihm nach Berlin zu kommen.

»Dann feiern wir richtig fett ab!«, meinte sie total begeistert.

Kati war natürlich sofort Feuer und Flamme.

»Oh, wie cool ist das denn?!«, stieß sie einen Freudenschrei aus. »Ich wollte schon längst mal nach Berlin, allein wegen der *Fashion Week* und der *Bread and Butter!«*

»Häh?« Ich war nicht gleich orientiert. *Bread and Butter?* War das eine neue Imbisskette? Nee, es ging nicht um beschmierte Stullen, sondern um ein angesagtes Mode-Event. Jaja, Kati, unser neues Topmodel!

»Also, du würdest mitfahren?«, wollte ich eine klare Ansage. Nun zögerte sie jedoch und erklärte ziemlich weitschweifig, dass sie ja eigentlich schon mit Tobi für die Ferien verabredet wäre, und fragte dann: »Äh, ja, ist ... äh ... dieses Penthouse von deinem Vater nicht ziemlich groß?«

»Ist es ...«

»Könnte Tobi vielleicht ... versteh mich nicht falsch, ich will wirklich nicht unverschämt sein, aber wenn du Markus mitnimmst ... könnte dann nicht auch Tobi mitfahren? Dann ist ... äh ... Markus auch nicht so alleine, als Junge ...«

Ich musste lachen, weil sie sich bei dieser Frage so verrenkte, und erlöste sie: »Klar, nimm ihn doch mit, dann machen wir einen richtig tollen Pärchenurlaub.«

Ich verkündete meiner Mutter den Stand der Dinge und ihre verkniffenen Gesichtszüge entspannten sich sichtbar. Ich wette, sie dachte dabei, dass wir alle gegenseitig aufeinander aufpassen würden. Und wenn dann in der Geburtstagsparty-Nacht noch der erwachsene Gerard dabei war …

Ich grinste. Wie gut, dass meine Mutter so wenig von Gerard und Hanna wusste, anderenfalls hätte sie wohl nicht gerade auf ihn als Aufpasser gesetzt.

*Eins möchte ich aber mal für alle besorgten Mütter klarstellen: Es ist ganz sicher ihre Aufgabe, uns Mädchen vor einer Unbedachtheit zu schützen. Aber irgendwie sollten sie doch auch so viel Vertrauen in uns setzen, dass sie sich wegen einer Ferienreise mit unseren Freunden nicht so den Kopf zerbrechen müssen. Wir wissen Freiheit und Vertrauen nämlich zu schätzen und würden beides darum nie ausnützen!*
*Äh ja, wobei ich zum Beispiel eine von Mam mit ein paar lieben Zeilen in den Koffer geschmuggelte Packung Kondome durchaus nett finden würde ☺. So nach dem Motto – man dürfte und könnte, muss aber nicht!*

## SAMSTAG – ZWEI TAGE VOR DEM START NACH BERLIN

»Hier sind die Schlüssel«, hatte mein Vater bei seinem letzten Besuch gesagt und mir dabei zwei Tickets für die Bahn in die Hand gedrückt. »Habt Spaß. Und wenn ihr Hilfe braucht, wendet euch an den Hausmeister.«

So viel zum Thema »Ich benötige dringend einen Housekeeper«. Was war mein Vater doch für ein gutherziger, aber lausiger Schwindler!

Meine Freundinnen waren schon in bester Ferienlaune. Fast jeden Tag rief mindestens eine von ihnen an, meistens auch beide und flöteten mir ihre Begeisterung ins Gehör. Liebes Lieschen, ich wurde selber ja auch schon total hibbelig und hätte vor Aufregung platzen können. Wie krass! Das konnte wirklich der beste Geburtstag meines Lebens werden. Ab geht die Party und die Party geht ab! Hach, ich liebte dieses neue Lebensjahr schon jetzt!

Aber allmählich wurde es Zeit, dass wir losfuhren, sonst drehte ich noch durch.

***Hallo BERLIN – ich komme!***

*Ich habe einen Daddy in Berlin,*
*Der lässt uns in sein schniekes Penthouse rin!*
*Auf diese Weise lohnt sich die Reise*
*Und darum fahren wir jetzt alle hin!*

Liebe Marlene Dietrich, verzeih mir die Umdichtung deines coolen Songs! Aber ich habe echt keinen Koffer in Berlin ... den hab ich hier und muss ihn nun schleunigst packen!

# 1. TAG

## MONTAG – ZIEMLICH FRÜH AM VORMITTAG

**Berlin ist ...** ***wenn du nicht im Glashaus sitzt, sondern in einem ankommst!***

Endlich, endlich saß ich im Zug!

»Ich bin ja so happy«, jubelte ich und drückte Markus einen fetten Schmatzer mitten auf seinen überraschten Mund. Er nahm mich in die Arme und knutschte mich sehr liebevoll zurück.

»Bin ich auch«, sagte er, »und unheimlich gespannt.«

Markus ist tatsächlich genau wie Tobi und Kati erst einmal in Berlin gewesen und zwar bei einer Klassenfahrt. Aber das galt eigentlich nicht, das war sozusagen »Schule auf Rädern«. Jetzt würden wir garantiert mehr Spaß haben und ganz andere Seiten der Stadt entdecken können.

Wir hatten im Großraumwagen des Intercitys Plätze an einem Vierertisch ergattert, und nachdem wir unsere Koffer verstaut hatten, kamen wir bald auf diese Klassenfahrt zu sprechen.

»Weißt du, dass ich damals so richtig verknallt in dich war?«, fragte Markus.

Ich musste grinsen, weil er das so offen vor Kati und Tobi gestand. Früher hätte er sich eher die Zunge abgebissen.

»Klar, wie sollte ich das vergessen! Du hast mich im dunklen Planetarium heimlich geküsst ... und ich hab die ganze Zeit befürchtet, dass es Kiwi oder Knolle, jedenfalls einer von diesen Pansen, gewesen wäre.«

»Na, jetzt bin ich aber beleidigt«, sagte Markus und setzte eine entsprechende Miene auf. »Du hättest doch wohl schon an der Qualität des Kusses merken können, dass es keiner von denen gewesen sein konnte.«

Ich kicherte. »Na ja, ehrlich gesagt, schmeckte der nur nach Eiscreme! Und die hat damals fast jeder geschleckt! Einen spezifischen Markus-Kuss konnte ich nicht erkennen.« Ich grinste frech. »Und hätte ich es geahnt, wär ich ganz bestimmt ebenfalls schockiert gewesen ...«

Nach einer kleinen Kunstpause fügte ich allerdings tröstend hinzu: »Jetzt wär das natürlich was anderes.«

Ich streckte die Beine aus und lehnte mich wohlig in den Sitz zurück. Hach, was war das für eine aufregende Geschichte geworden zwischen mir und meinem heimlichen Verehrer. Markus hätte ich niemals hinter diesem doch ziemlich romantischen Typ vermutet.

*Tja, bei manchen Jungs lohnt es sich, mal ein bisschen an der megacoolen Oberfläche zu kratzen. Wenn man Glück hat, kommt dann ein richtig netter Kerl zum Vorschein. Na gut, man muss manchmal ziemlich heftig kratzen und wirklich viel Glück haben. Ich jedenfalls hatte es. Danke, liebes Schicksal!*

Am Fenster flog die Landschaft vorbei. Es war ziemlich warm, sodass die Luft flirrte.

Wie in der Wüste, dachte ich und wartete darauf, dass vor meinen Augen eine Fata Morgana wie aus *Tausendundeiner Nacht* entstehen würde. Ich fühlte mich schon mittendrin in so einem Märchen!

Markus holte einen Stadtführer aus seinem Rucksack und begann darin zu schmökern. Immer wenn ihm etwas interessant erschien, las er es uns leise vor. So fingen wir an, Pläne zu schmieden. Schließlich nahm ich mein Sudelbuch raus. Das ist so eine Art Schmierkladde, in die ich alle meine geistigen Ergüsse, also schriftstellerischen Einfälle, eintrage. Jetzt notierte ich unsere Berlin-Ideen. Auch Kati und Tobi steuerten echt coole Vorschläge bei. Wobei manches auch einfach nur absurd war: zum Beispiel Tobis Schnapsidee, mit dem Skateboard die Spirale in der Reichstagskuppel runterzudüsen. Tzzzz! Als ob man da mit einem Board überhaupt reinkommen würde. Tobi, Tobi! Ich schüttelte lachend den Kopf, notierte es aber trotzdem, als Gag.

Als wir kurz vor Spandau waren, klappte ich allerdings mein Sudelbuch zu und legte mit ernster Miene eine Gedenkminute ein.

»Was hast du?«, fragte Markus verwundert, weil ich so abrupt schwieg, und Kati schob irritiert hinterher: »Ist was? Ist dir schlecht? Vom Zugfahren?«

Ich grinste und sagte erklärend: »Hier irgendwo hab ich das Licht der Welt erblickt.«

»In einem der Orte vor Spandau?«

Ich schüttelte den Kopf. »Nee, genau hier, auf den Schienen, in einem Intercity ... ich bin in einem Zug geboren worden.«

In hochdramatischen Worten erzählte ich meinen Freunden die Geschichte und die lachten sich schlapp.

»Genial«, meinte Markus schließlich. »Jetzt versteh ich auch, warum du so reiselustig bist.«

Wir erreichten den Berliner Hauptbahnhof am späten Vormittag.

Es war warm. Sehr warm. Tobi sah so aus, als würde er innerlich bereits kochen, jedenfalls hatte er ein krebsrotes Gesicht. Die Hitze schien sich in diesem riesigen Glaspalast von einem Bahnhof regelrecht zu stauen. Da hätte der Architekt ruhig ein paar mehr Lüftungsklappen einbauen können. Man fühlte sich ein bisschen wie in einem mehrgeschossigen Treibhaus. Aber höchst eindrucksvoll dennoch. Immer wieder. Und dann auch noch ein Futter- und Shoppingparadies auf drei Ebenen. Kati klebte sofort am Schaufenster von *Swarovski*, während Markus und Tobi sich bei *Dunkin' Donuts* anstellten, um zwei Zwölfer-Packungen zu erstehen.

»Damit wir in deinem Luxuspenthouse nicht gleich verhungern.«

Mir war es recht. Ich liebte Donuts, besonders die mit Karamell-Überzug.

Hier im Bahnhof merkte man jedenfalls gleich, dass in dieser Stadt nicht gekleckert, sondern geklotzt wird, und – wie es sich für einen demokratischen Regierungssitz gehört – Transparenz ganz groß geschrieben wird. Wenn man schon im Glashaus sitzt, dann aber richtig.

Deswegen gibt's ja auch über dem Bundestag, nein, der heißt hier ja Reichstag, eine gigantische Glaskuppel, in der man zwar nicht skaten, aber gepflegt herumwandern und auf das Parlament runtergucken darf. Wir haben jedenfalls schon mal für das Lustwandeln dort reserviert. Muss man, Staatsfeinde dürfen da nämlich nicht rein, und darum ist bei aller Transparenz Kontrolle angesagt. Na, mal sehen, ob sich der Aufwand lohnt.

**Berlin ist ...** ***wenn auch der unfreundlichste Taxifahrer durch ein gutes Trinkgeld Mensch wird!***

»Wir sollen mit dem Gepäck ein Taxi nehmen, hat mein Vater gesagt. Alles andere wäre zu umständlich. In den nächsten Tagen könnten wir dann mit einem Touri-Ticket im Verkehrsverbund U-Bahn, Tram und Bus fahren.«

Markus nickte. »Dann folgen wir am besten seinem Rat.«

Wir fuhren, den Blick auf die eindrucksvolle Glasfront des Hauptbahnhofs gerichtet, mit der Rolltreppe runter zum Haupteingang, vor dem eine Schlange wartender Taxis stand. Aber nur das vorderste schien fahrtüchtig zu sein. Jedenfalls machte von den hinteren keines Anstalten, uns aufzunehmen. Da wir keinen Krieg unter den Taxifahrern heraufbeschwören wollten, nahmen wir also das Auto an der Spitze der Schlange, obwohl der Fahrer darin am unfreundlichsten wirkte und nicht den Eindruck machte, dass er an Fahrgästen wirklich interessiert wäre. Nachdem er missgelaunt unsere Koffer verstaut hatte, ging es über eine Brücke in Richtung Mitte, und dann zum Bezirk Tiergarten, in dem Dads Wohnung lag.

»Da, da ist es«, rief ich dem Taxifahrer aufgeregt von hinten zu. »Das große weiße Gebäude, gleich da vorne. Sie können in der Zufahrt parken.«

»Dit seh icke, Frollein, ick bin ja nich blind und taub och nich, also krakehlen Se ma nich jleich los …«

Markus starrte mich an und ich zuckte mit den Schultern, während Kati ein spontanes »Häh?« entfuhr. Die Bemerkung, die mir auf der Zunge lag, verkniff ich mir jedoch lieber.

So waren die Berliner Taxifahrer eben: rau, aber herzlos!

Er setzte uns genau vor dem Eingang ab, warf uns das Gepäck wortlos vor die Füße und freute sich dann über ein viel zu hohes Trinkgeld, das ich ihm, unerfahren und im Überschwang meiner Begeisterung, endlich angekommen zu sein, unverdient spendierte. Da überschüttete er mich plötzlich mit Herzlichkeit. »Danke scheen, Frollein, und anjenehmen Oofenthalt ... und nischt für unjut ...«

Na bitte, geht doch. Nein, der Berliner ist nicht materialistisch eingestellt, nimmt aber gerne, was er kriegen kann, und manchmal bedankt er sich auch dafür.

## IMMER NOCH MONTAG – AM MITTAG

**Berlin ist ... *wenn du über den Dächern die Freiheit schnupperst!***

Wir waren da! Herrlich – ohne Eltern – ohne Erwachsene, dafür mit jeder Menge Freiheit! Die weiß man gerade hier in Berlin ganz besonders zu schätzen.

Ich kannte das Penthouse ja schon, aber meinen Freunden verschlug es die Sprache. Die riesigen Panoramafenster und vor allem die umlaufende Dachterrasse, von der man einen tollen Ausblick hatte, waren auch wirklich beeindruckend.

Berlin ist ja die City der Penthäuser und Dachgeschoss-Lofts. Und man ist immer noch dabei, auch den allerletzten Gammelboden zu einem Luxusappartement umzugestalten. Mit Dads Penthouse war es nicht anders. Vorher pfui und jetzt so was von hui! Es nahm das ganze Dachgeschoss ein und hatte zu drei Seiten einen tollen Weitblick. Juhu – Telespargel! Ick seh dir! Okay, den Fernsehturm sah man vermutlich von jedem Flecken Berlins, so lang, wie der sich machte!

»Ich möchte da unbedingt mal rauf«, sagte ich. »Das ist doch der Eiffelturm von Berlin. Die Aussicht stell ich mir gigantisch vor.«

Der Blick von der Penthouse-Terrasse war aber auch nicht zu verachten.

Markus stand vor der Panoramascheibe im riesigen offenen Wohnzimmer und schaute schwer beeindruckt über die zerklüftete Dachlandschaft von Berlin.

Die hatte einige Lücken und glänzte auch nicht an allen Ecken und Enden so golden wie in Paris, erzählte aber von enthusiastischer Aufbauarbeit. Heute tauchte die Sonne diesen architektonischen Wildwuchs in ein freundliches Licht, und da wirkte das Häusermeer einfach faszinierend und sehr weltstädtisch.

Begeistert stellte ich fest, dass Dad uns einen gut gefüllten Kühlschrank hinterlassen hatte und wir nicht nur auf die Donuts angewiesen waren.

So deponierten wir das Gepäck erst mal im Flur und pflanzten uns mit kühlen Getränken und ein paar Snacks auf eine der Terrassenliegen.

»Kneif mich«, sagte Kati nach ein paar Minuten des andächtigen Schweigens. »Ich glaube, ich träume.«

Ich lachte. »Nee, ist alles echt, kannst es mir glauben. Ich war ja schon öfter hier. Willst du mein Zimmer sehen?«

»Du hast sogar ein eigenes Zimmer?«, fragte Markus sehr erstaunt.

»Na ja, so halb. Also ein Zimmer, in dem ich immer schlafe, wenn ich hier bin. Ist ja nicht so oft, aber manchmal schon.«

»Na, dann zeig her«, meinte Kati, und Markus stand ebenfalls auf. Offenbar brauchte er mal wieder etwas mehr Normalität. Zimmeranschauen war jedenfalls normaler, als auf einer luxuriösen Penthouse-Terrasse abzuhängen.

Ich schnappte mir in der Diele meinen Koffer, rollte ihn über den spiegelnden Fliesenboden des angrenzenden Flurs zu den Gästezimmern und stieß dort eine Tür auf.

»Bitte sehr, Milas Reich!«

»Wow, nicht übel!«, entfuhr es Markus. »Schön hell und gemütlich.«

Das war es wirklich. Es gab eine kleine Sitzgruppe, ein breites Bett, einen schmalen Schreibtisch, einen Einbauschrank und ein kleines Badezimmer. Natürlich auch ein großes Panoramafenster.

»Wie in einem Luxushotel«, sagte Kati anerkennend.

»Ihr könnt ein ähnliches Zimmer haben«, lockte ich und lotste meine Freunde weiter. Die Gästezimmer waren nahezu identisch möbliert, modern und gemütlich. Allerdings ohne eigenes Bad. Der Sani-Bereich für die Gäste befand sich am Ende des Flurs und war sehr groß und komfortabel mit Dusche, Wanne und separater Toilette.

Schnell waren die Räume aufgeteilt und jeder verschwand erst mal zum Kofferauspacken in sein Zimmer.

Kaum hatten sich die Türen hinter Kati und Tobi geschlossen, klopfte ich bei Markus. Der lag mit hinter dem Kopf verschränkten Armen auf dem großen Bett.

»Gefällt dir das Zimmer?«, fragte ich und hüpfte mit einem Jauchzer zu ihm. Klar knutschten wir erst mal eine komfortable Runde.

»Freust du dich auch so wie ich?«, fragte ich ihn, als wir einen Moment innehielten und entspannt nebeneinanderlagen. Aber die Frage hätte ich mir eigentlich sparen können und so sagte Markus auch nur: »Na, wenn du das nicht merkst!?« Jungs sind in diesen Dingen eben manchmal so – knapp!

»Und jetzt?«, fragte Markus schließlich. »Was hast du vor mit dem angebrochenen Tag, Mila?«

Ach, da hatte ich mir noch gar nichts überlegt.

»Ich glaube, wir schauen mal nach Kati und Tobi, zusammen fällt uns schon was ein ...« Die hingen am Tresen der offenen Küche und schlürften Cola mit Eis, darauf hatte ich auch Lust. Hm, besinnliches, wortloses Schlürfen – ganz relaxt!

*Tiergarten ist einer der offensten Stadtteile Berlins, fast schon Mitte, aber auch nahe an Charlottenburg und den Universitäten und ideal für Menschen, die eine zentrale Lage, eine gute Verkehrsanbindung und viel Grün zum Joggen brauchen. Auch für Berlinferien ist er ideal. Der Berliner sagt ja meistens Kiez zu seinem Heimatstadtteil. Kieze sind aber oft noch mehr Parallelwelten, als das für Tiergarten zutrifft. Lass ich jetzt erst mal so stehen.*

Inzwischen war es Mittag geworden und mein Magen knurrte. »Ich könnte jetzt was Herzhaftes zwischen den Zähnen gebrauchen, wollen wir nicht einfach mal in der Umgebung ein bisschen herumschlendern und schauen, ob uns da was Essbares über den Weg läuft?«

Tobi lachte. »Was hättest du denn am liebsten vor der Flinte? Eine räudige Katze oder tut es auch ein platt gefahrener Straßenwauwi?«

Na, der war ja drauf. Ich fand das jetzt ziemlich geschmacklos. »Igitt, lass solche blöden Scherze!«

Er merkte, dass ich seine Bemerkung gar nicht witzig fand, und schob erklärend nach: »Ich mein ja nur, allein auf dem Weg hierher hab ich drei tote Tiere auf der Straße gesehen. Hier scheint echt viel im Verkehr auf der Strecke zu bleiben.«

»Das ist ja wohl schlimm genug«, reagierte ich immer noch genervt. »Da muss man nicht auch noch Witze drüber reißen.«

»Ja, stimmt, tut mir leid, ich habe echt nicht an dein weiches Herz gedacht. Deine große Klappe überlagert das manchmal!« Tja, in der Hinsicht war ich wohl doch eine waschechte Berlinerin, auch wenn ich nicht mit Spreewasser getauft worden war … na ja, dafür aber mindestens mit ein paar Spritzern Chaosbrause.

Kati nahm Tobi in Schutz. »Er meint es echt nicht so, Mila, Tobi ist in Wirklichkeit sehr sensibel.«

»Wisst ihr eigentlich, wie viele herrenlose Hunde es in Berlin gibt? Und im Tierheim sitzen allein über hundert Kampfhunde in Dauerarrest, weil man sie ihren Besitzern abnehmen musste.« Als ich das gelesen habe, hat mich das richtig wütend gemacht.

»Schon Mist, dass sich Leute so einen Hund zulegen, nur um damit anzugeben, und dann nicht in der Lage sind, den zu führen«, sagte ich und Markus nickte. »Ja, im Zuhälter-Milieu sind das absolute Modehunde.«

Kati und mich schauderte. »OMG, was muss es dann hier viele Zuhälter geben!«, rutschte es mir heraus. Worauf Tobi erstaunlich rot anlief.

Markus zuckte nur lässig mit den Schultern. »Tja, das ist halt die dunkle Seite der Nacht!«

Witzbold! Was hatte der denn genommen?

»Los, kommt!«, forderte ich sie auf, um dieser

etwas delikaten Diskussion ein Ende zu setzen. »Lasst uns die Gegend erkunden.«

Ich war mit Mam hier schon öfter mal ein bisschen herumspaziert und hatte darum eine gewisse Vorstellung entwickelt, wo ich meine Freunde an diesem ersten Tag noch hinlotsen wollte. Also schnappte ich meine Citybag und griff nach Katis Arm.

Im Fahrstuhl schwärmte ich so begeistert von Berlin, dass Markus, als wir vor das Haus traten, trocken meinte: »Aber jetzt nicht noch den Gehweg knutschen!«

»Häh? Bin ich der Papst?«

Was hatte denn der für eine Meinung von mir? So weit ging ich ja nun selbst im größten Begeisterungstaumel nicht. Pfui! Berliner Gehwege sind zudem echt nicht die saubersten ... äh ... ja, um noch mal auf das Thema Hunde in ... äh ... Form von Haufen zurückzukommen. Hier lagen schon einige Tretminen herum. Wofür ja die Hunde nix können! Es gibt schließlich überall Tüten!

**Berlin ist ... *wenn es überall Wasser gibt, wo du die Beene rinbaumeln lassen kannst!***

*Berlin ist eine der wasserreichsten Großstädte Europas. Das hätte ich so spontan gar nicht gedacht, weil es mich früher mit Mam eher in trendige Einkaufsgegenden verschlagen hat, und die waren hier nicht am Wasser gebaut.*

*Auf dem Stadtplan von Markus sieht man aber sofort, dass nicht nur die Spree, sondern auch die Havel, der Landwehrkanal, Flutgräben und viele Seen das Stadtbild bestimmen. Wunderbar! Ich liebe Wasser in jeder Form – ja, wirklich, ist nicht nur so dahingesagt. Selbst ein Regenschauer ist doch manchmal schön, besonders, wenn die Sonne einen bunten Regenbogen aus ihm hervorzaubert.*

Wir überquerten die Straße am Bundesratsufer, blieben ein paar Minuten am Ufergeländer stehen und schauten auf die Spree.

»Herrlich!«, stieß Kati sofort begeistert aus. »So ein Fluss in einer Stadt hat was!«

Stimmt, der zerteilt Häuserschluchten, schafft an seinen Ufern kleine Grünzonen und nimmt einen durch seine ständige Bewegung auf Traumreisen mit. Ich mag das sehr.

»Ich auch«, sagte Markus, als ich ihn an meinen Gedanken teilhaben ließ. Er legte seinen Arm um mich und es war, als würden sich auch unsere Gedanken umschlingen und in einem kleinen Boot die Spree hinuntertreiben ... weiter, immer weiter ...

»Wohin fließt die Spree eigentlich?«, wollte Tobi wissen. Mal wieder typisch Junge. Nur nicht die romantische Stimmung still genießen! Markus sprang leider sofort auf die Frage an.

»Ich hab gelesen, dass sie in Sachsen entspringt, nahe der tschechischen Grenze, dann vereinigt sie sich mit der Havel und die mündet, glaube ich, in die Oder.«

»Also nicht direkt ins Meer?«, fragte ich etwas enttäuscht, denn Flüsse müssen für mich ganz einfach in einem Meer enden. Das ist ihre Bestimmung. Darin liegt ja ihr Sinn – die Ozeane zu speisen.

»Aber das tut die Spree doch trotzdem«, meinte Markus tröstend. Und er hatte ja recht, selbst wenn sie sich in die Havel verströmte, es war immer noch ihr Wasser, das dann in die Ostsee floss.

Ich ertappte mich dabei, dass ich mich schon ganz als Berlinerin und als Besitzerin der Spree fühlte: mein Fluss!

»Das da ist übrigens die königlich-preußische Porzellan-Manufaktur«, sagte ich etwas später zu Markus und deutete auf ein eindrucksvolles Gebäude aus viel Glas und Stahl mit dem Logo KPM. Darunter saß in gemütlicher Haltung auf einem Sockel ein bunt bemalter Berliner Buddy Bär und grüßte mit winkender Tatze.

*Wer gar nicht mehr weiß, was er in Berlin machen soll, kann sich auf einer Buddy-Bär-Tour jede Menge von diesen Viechern anschauen. Manche Menschen halten sie für Kunst ... ja, wirklich ... andere hassen sie! Für Fotofreaks ist das aber eine coole Sache. Da kann man dann hinterher seine ganz persönliche Buddy-Bär-Fototapete gestalten: ich und Bärlin!*

»Willst du die Manufaktur besichtigen?«, fragte Markus und schien von dem Gedanken nicht wirklich begeistert, während Kati schon neugierig in den Hof spitzte, auf dem sich die älteren Firmengebäude befanden.

Vor einem schön sanierten hellen Backsteingebäude standen auf einer kleinen Freitreppe große, beeindruckende Vasen und Amphoren aus Porzellan, die im Inneren des Gebäudes sehr viel Edles erwarten ließen. Ich war mit meiner Mutter schon mal drin gewesen, und weil die Jungs da nicht drauf standen, vertröstete ich Kati: »Das können wir immer noch mal dazwischenschieben, ist doch gleich um die Ecke und muss ja nicht jetzt sein, wo wir grade erst angekommen sind.«

Sie nickte. »Ich finde feines Porzellan ganz hübsch«, meinte sie. »So eine stilvoll gedeckte Tafel, die hat was.«

Das fand ich zwar auch, aber was die hier so herstellten, das war ziemlich teuer und Mams Frisiersalon hatte nie so viel Geld abgeworfen, um was Besseres als Kaufhausgeschirr zu kaufen.

Das Essen auf den Tellern war mir immer wichtiger gewesen als der Porzellanstempel drunter.

Sehen Brecht und Weill in der »Dreigroschenoper« übrigens auch so:

*Der Teller, von dem du issest dein Brot,*
*schau ihn nicht lang an, wirf ihn fort!*
*Die Liebe dauert oder dauert nicht,*
*an dem und jenem Ort.*

Stimmt doch, Liebe ist das Allerwichtigste! Darum gilt sie ja auch als das Brot der Armen.

Mich allerdings machte sie grade nicht wirklich satt.

»Ich würde echt lieber was essen«, stöhnte ich aus diesen Gedanken heraus und fühlte mich dabei nicht mal als Kulturbanause. Brecht schien ja auch von Porzellan nicht viel zu halten. Nun gut, mein Magen hätte meinen Seufzer nicht auch noch mit einem fetten Knurren unterstreichen müssen. Das … ähm … war mir doch etwas peinlich!

Ich lotste meine Freunde also in eine der Nebenstraßen und tatsächlich stießen wir auf einen türkischen Schnellimbiss. Mir lief das Wasser im Mund zusammen und wir schlugen alle kräftig zu.

Mit dem leckeren Döner in der Hand eilte ich zielstrebig in Richtung Tiergarten. Gegenüber einer kleinen Insel in der Spree fanden wir unter schattigen Bäumen ein paar einladende Bänke, pflanzten uns drauf und genossen.

»Na?«, fragte ich Markus triumphierend. »Was sagst du Landei dazu? Ist das Grün genug für deine Seele?«

Markus nickte. »Sehr schön und romantisch«, meinte er, »es fehlen nur ein paar Pferde dazwischen.«

Warte ab, dachte ich und grinste innerlich, deine Sehnsucht nach Viechern kann Berlin stillen.

Wir entsorgten unseren Restmüll und gingen ein Stück unter den schönen alten Bäumen entlang, bis wir an eine kleine Fußgängerbrücke kamen, die über den Landwehrkanal führte.

»Hier stinkt es ja tierisch!«, rutschte es Markus heraus, als wir sie überquerten, und ich fürchtete schon, er hätte meine Überraschung spitzgekriegt. Aber als ich etwas von miesen Kläranlagen und Abwässern einer Großstadt faselte, nahm er mir das ab.

Ich führte meine Freunde auf verwinkelten Wegen weiter bis zur Budapester Straße mit ihrem großen Hotel- und Einkaufskomplex. Markus war sichtlich verwirrt. Nach der Idylle im Tiergarten nun das. Größer konnte der Kontrast kaum sein. Tja, aber so ist Berlin eben.

Doch dann standen wir plötzlich auf dem Olof-Palme-Platz, in dessen Mitte eine schöne Brunnenspirale einem urzeitlichen Ammoniten nachempfunden war. Und da dämmerte es Markus nun doch, denn wir befanden uns direkt vor dem Eingang zum Berliner Aquarium.

**Berlin ist ... *wenn es dich plötzlich tierisch anmacht!***

Ich zog Markus noch ein Stückchen weiter zum zweiten Haupteingang des Berliner Zoos.

»Wow!«, rutschte es ihm beim Anblick des Elefantentors heraus. »Das ist ja eine echte Überraschung! Ich hab geglaubt, der Zoo liegt ganz woanders.«

Kati stimmte ihm überrumpelt zu. »Ist der nicht am Bahnhof Zoo, in der Nähe vom Ku'damm?«

»Hab ich auch gedacht«, sagte Tobi, »warum sollte der Bahnhof auch sonst so heißen?«

»Ihr habt recht«, erklärte ich, »aber der Zoo ist riesig und hat darum zwei Eingänge. Freut ihr euch?«

Obwohl Kati und Tobi brav nickten, war mir klar, dass ich vor allem meinem Freund Markus mit diesem Zoobesuch eine Freude machte.

Er nahm mich gerührt in seine Arme. »Ich freu mich total«, sagte er dabei mit samtweicher Stimme. »Du weißt doch, wie sehr ich Tiere liebe, und ich hab schon überlegt, wie ich euch schonend beibringen könnte, dass ich auch gerne mal den Berliner Zoo besuchen würde. Du bist wirklich genial, Mila!«

Ich merkte, wie mir ziemlich heiß unter der Kopfhaut wurde, gab ihm einen Kuss und schleppte ihn dann zum Kassenhäuschen.

Wenig später betraten wir durch das berühmte asiatisch gestaltete Elefantentor den Zoo. Sehr romantisch. Markus hatte natürlich einen Plan besorgt und wir beugten gemeinsam die Köpfe darüber, um eine Idealroute auszutüfteln.

»Also, Bären sind Pflicht in Berlin«, meinte Tobi.

»Und Flusspferde«, ergänzte ich, »da gibt es hier geradezu eine Dynastie von Knautschkes Nachkommen.«

Kati sah mich fragend an.

»Na, das ist so ein Kult-Nilpferd gewesen, wie der Eisbär Knut. Die Berliner fahren nun mal tierisch auf so 'n Viehzeug ab. Wie Markus!«

Wir kicherten und legten ein Zeitlimit von maximal zwei Stunden fest.

»Sonst brauchen wir gar nicht erst anfangen«, meinte Markus ein bisschen unzufrieden, weil er sicher gerne den ganzen Tag hier verbracht hätte.

»Aber ich möchte noch zum Ku'damm! Wenigstens ins KaDeWe!« Das ist die Abkürzung für das *Kaufhaus des Westens,* das ultimativ größte Warenhaus des Kontinents. Doch, echt, hat meine Mam gesagt, als wir das erste Mal hier waren.

»Unbedingt!«, bekam ich Unterstützung von Kati. »Deswegen bin ich ja eigentlich nur mitgefahren!« Sie kicherte und blitzte Markus herausfordernd aus ihren blauen Augen an. Die war ganz schön kess geworden, seit sie hin und wieder mal modelte. Aber auch ich schwärmte in Superlativen: »Das musst du sehen, Markus, das ist absolut edelster Konsumrausch, Power-Shopping und Fresstempel … alles in einem – mega, ach Quatsch, giga!«

Markus wirkte skeptisch, wohl, weil er meine Schwärmerei für übertrieben hielt, aber er schaute immerhin auf seinen Stadtplan.

»Kein Problem, hinter uns sieht man doch schon das Europa-Center und die Kaiser-Wilhelm-Gedächtniskirche. Da ist dann auch gleich die Tauentzienstraße mit dem KaDeWe. Das schaffen wir zeitlich locker.«

Ich schlug mir innerlich auf die Schenkel. Genau so hatte ich mir das gedacht: mit Zoo anködern, und dann ins Shoppingparadies abschleppen. Ich klatschte mich heimlich mit Kati ab. Sauber – oder eher dufte, wie der Berliner sagt!

*Okay, Zoo ist Zoo, das muss ich hier nicht näher beschreiben, nur so viel: Eisbär Knut ist leider tot, aber es lohnt sich trotzdem, mal reinzugehen. Die Fakten dazu liefert übersichtlich und informativ die Homepage des Zoos – und die sind weltstädtisch und wirklich beeindruckend. Also, wenn ihr Zeit und Lust auf einen der artenreichsten Tierparks der Welt habt: Der Berliner Zoo ist einen Besuch wert!*

**Berlin ist …** ***wenn die Blue Hour in einer Kirche stattfindet***

Nach dem Verlassen des Zoos überquerten wir die Budapester Straße auf der Höhe des Breitscheidplatzes, an dessen linker Seite das Europa-Center lag, das auf uns einen etwas schmuddeligen und nicht mehr ganz frischen Eindruck machte. Gegenüber, auf der anderen Seite des Platzes, stand die Kaiser-Wilhelm-Gedächtniskirche.

Auf dem Boden und auf den Treppenstufen vor der Kirche hockten jede Menge jugendliche Touristen und auf einem etwas tiefer gelegten Teil zeigten Skateboarder ihre Tricks. Auch hier war es nicht eben klinisch rein. Getränkedosen und Reste von Mahlzeiten aus den umliegenden Imbissbuden vermüllten das Pflaster. Da gab es für die Stadtreinigung sicher jede Nacht reichlich zu tun.

Markus betrachtete den »Hohlen Zahn«, den Turmrest der alten Kirche, der im Bombenhagel der Alliierten stehen geblieben war. Etwas ramponiert zwar und ausgebrannt, aber immerhin hatte er dem Feuersturm getrotzt. Ein Gerüst verbaute den größten Teil der Sicht, denn es wurde mal wieder renoviert. Doch neben ihm standen frei und schön das Kirchenschiff und der moderne Glasturm der neuen Kaiser-Wilhelm-Gedächtnis-Kirche.

Wenigstens konnte man in das Innere des »Hohlen Zahns« gehen und dort in einem kleinen Museum noch fast völlig unversehrte, goldglänzende Mosaiken im byzantinischen Stil an den Wänden und der Gewölbedecke bestaunen. Einige wiesen Risse auf, andere waren teilweise zerstört, aber was noch übrig war, gab einen guten Eindruck von der einstigen Pracht. Wie schade, dass der Krieg das fast alles zerstört hatte.

»Wollen wir auch einen Blick in die neue Kirche werfen?«, fragte ich meine Freunde. »Es soll darin durch die blauen Glasbausteine ein ganz besonderes Licht geben.«

Und so war es tatsächlich. Kaum hatten wir die Kirche betreten, umfing uns eine wunderbare Lichtstimmung, die gar nicht beschreibbar ist. Das muss man einfach selber erlebt haben. Es war romantisch, andächtig, unglaublich sanft und schön und veredelte die Schlichtheit der Ausstattung zu etwas ganz Besonderem. Das galt auch für die beeindruckende Jesus-Skulptur aus messingfarbenem Metall, die mit ausgebreiteten Armen über dem Altar zu schweben schien. Ein segnender Christus, der dennoch auch den Gekreuzigten in sich trug. Das hatte der Künstler genial gemacht. Man musste kein Christ sein, um davon berührt zu werden. Eine blaue Stunde ganz eigener Art.

Als wir wieder hinaustraten, nahmen Markus und ich uns in die Arme und drückten uns liebevoll. Markus streichelte ganz zart mein Gesicht.

»Das war sehr schön«, sagte er erstaunlich sanft und ich fand es großartig, dass man an einen Ort des Schreckens und der traurigsten Erfahrungen ein Gebäude gesetzt hatte, das so positiv mit diesen Erinnerungen umging.

**Berlin ist ... *wenn Besinnung und besinnungsloser Konsumrausch nur einen Steinwurf voneinander entfernt sind!***

*Okay, so ist es nun mal in Berlin und das muss nicht bedeuten, dass deswegen alle Menschen hier zur Oberflächlichkeit neigen. Nein, echt nicht alle, manche finden ja auch im Kaufrausch ihre Tiefe. *g**
*Natürlich fängt einen so ein Konsumtempel wie das KaDeWe ein. Ja, ich gestehe es, ich bin ebenfalls verführbar!*

*Diese verheißungsvollen hell erleuchteten Eingänge saugen einen aber auch förmlich in das Innere, welches die Besucher mit einem sensationellen Atrium, offenen Galerie-Etagen und einem unglaublichen Glanz unter der Kuppel empfängt.*
*Die edlen Düfte der Parfümerie-Abteilung hängen in der Luft und man riecht Anmut und Sinnlichkeit und fühlt zugleich, dass dieses Haus eine gewisse Bedeutsamkeit für sich in Anspruch nimmt. Also Bescheidenheit sieht anders aus, will ich damit sagen. Hier wird echt nicht gekleckert. Zwar rennen die Touris hauptsächlich zum Gucken rein, aber die Leute, die im KaDeWe wirklich einkaufen, machen es mit Bedacht. Die suchen Qualität und finden sie.*
*Auch ich hätte mit dem entsprechenden Finanzpolster gerne einen ganzen Tag hier zwischen den angesagten Modelabels, den Luxusschuhen und -handtaschen verbracht. Unterbrochen nur von ein paar exquisiten Snacks im Gourmetparadies auf der sechsten Etage. Sehr empfehlenswert.*

Wir ließen uns also ebenfalls von diesem Konsumtempel einsaugen. Allerdings waren Markus und Tobi eher nicht die Typen, die Spaß daran hatten, sich die Beine vor den Umkleidekabinen in den Bauch zu stehen, während ihre Mädchen eine private Modenschau veranstalteten. Schon beim Zug durch die Bekleidungsabteilungen nahmen ihre Mienen einen zunehmend gestressten Ausdruck an. Nachdem Kati und ich entzückt Klamotten von *NAF NAF* und *Chloé* entdeckt hatten und nahe daran waren, die Umkleide mit einem Armvoll davon zu stürmen, bemerkte ich den eher unfrohen Gesichtsausdruck meines Freundes. Also nahm ich Kati beiseite und flüsterte: »Du, es ist schon ziemlich spät, die schließen bald. Wollen wir nicht lieber shoppen, wenn Hanna kommt? Nur wir Mädchen? Die Jungs gucken schon so angenervt.«

Kati schielte zu Tobi rüber und nickte dann. »Ja«, wisperte sie, »weil heute unser erster Tag ist. Kommt sicher uncool, wenn wir nur an uns denken.«

Ich strahlte sie an, weil ich mich über ihr Verständnis für die Jungs echt freute. So oberflächlich, wie sie manchmal wirkte, war sie nämlich gar nicht. Wir legten die Sachen auf einem der Auslagetische ab und erklärten den Jungs: »Kommt, wir haben es uns anders überlegt, wir fahren ins Gourmetparadies.«

Diese Worte zauberten ihnen sofort ein strahlendes Lächeln ins Gesicht. Na bitte, geht doch!

Markus gab mir auf der Rolltreppe in die sechste Etage spontan einen Kuss, leckte sich dann genüsslich über die Lippen und meinte charmant: »Da müssen die sich aber anstrengen, wenn sie mit deinen Küssen mithalten wollen!«

*Also, da müsst ihr hin! Allein schon zum Gucken. Ich finde es immer wieder toll dort. Allerdings sind die Preise nicht grade auf Taschengeldniveau. Da solltet*

*ihr was ansparen oder gleich mit einem Sponsor herkommen – Mama, Papa, Oma, Opa, Erbonkel, so was in der Art. Dann könnt ihr richtig zuschlagen: Sushi, Hummer, Langusten, Steaks, Fisch in allen Variationen! An diversen Salat- und Feinschmeckerbars herrscht eine unglaubliche Vielfalt bis hin zu angesagtem Fingerfood. Austernbar, Fischkutter, Pasta-Bar, Petit Bistro, Crêperie … fast dreißig Gelegenheiten, sich gepflegt den Bauch vollzuschlagen.*
*Auch die Patisserie, Kuchen und Torten, sind vom Allerfeinsten. Und an der Schokolade von* Le Notre *aus Paris kann kaum jemand vorbeigehen, ohne dass ihm der Speichel aus dem Mundwinkel tropft.*
*Es duftet übrigens unvergleichlich gut hier oben. Eine zugegebenermaßen wilde Mischung, aber selbst wenn man nur der Duftspur folgen würde, wäre es auch schon ein ganz außergewöhnliches Erlebnis.*
*Wir haben es ausprobiert. Markus machte die Augen zu und ich führte ihn zu ein paar Ständen, an denen er raten musste, was es dort gab. Hat nicht immer geklappt, denn die haben eine gute Abluftanlage. Aber Markus fand es trotzdem »einen sehr sinnlichen Genuss«, was Tobi, mit dem Kati das Gleiche gemacht hatte, nur bestätigen konnte.*
*Man bekommt übrigens auch fast alles hübsch verpackt zum Mitnehmen, um es später an einem idyllischen oder spektakulären Ort zu verschmausen. Auf den Stufen der Siegessäule, unter den Schwingen der Siegesgöttin zum Beispiel. Coole Idee, da mache ich mir doch gleich mal einen Knoten ins Gehirn!*

Wir wollten zuerst in das Wintergarten-Restaurant *Le Buffet* im siebten Stock gehen, weil man in diesem stylishen Glaspalast neben leckerem Essen auch noch einen supertollen Blick über Berlin serviert bekommt. Aber da es schon spät war, der Fisch an der Bar beim Japaner so frisch aussah und der Koch dort sehr beeindruckend sein Messer schwang, genehmigten Markus und ich uns Sushi, während Tobi und Kati sich lieber an einer anderen Fressbar den Bauch mit Crêpes vollschlugen.

Markus wollte mich unbedingt einladen. »Schließlich möchte ich mich ja auch ein bisschen revanchieren.«

Ich lachte. »Klar, mach doch! Ist sehr lieb von dir.« Und so genoss ich das Sushi ganz besonders auffällig, damit er meine Freude über seine Großzügigkeit auch mitbekam.

Wir hatten also beide allerbeste Laune, als wir Tobi und Kati mit schokoladeverschmierten Mündern bei Geschäftsschluss einsammelten und mit dem Fahrstuhl wieder runterfuhren. Da stürzten wir uns in das Gewimmel der Passanten, von denen die meisten genau wie wir in Richtung Kurfürstendamm strebten.

## MONTAG, IMMER NOCH – AM ABEND

**Berlin ist … *wenn auf einem Ku(h)damm keine Kühe, sondern Touristen weiden!***

*Der Kurfürstendamm, vom Berliner nur liebevoll Ku'damm genannt, ist wohl der bekannteste Berliner Boulevard. Die Bebauung besteht zu einem Teil noch aus alten, schön sanierten Häusern aus seiner ersten Blütezeit. Die war in den legendären 20er-Jahren des vorigen Jahrhunderts, wovon einige Jugendstilfassaden erhalten sind.*

*Oft sind aber die Geschäfte sehr viel aufgemotzter als die Häuser, in denen sie sich befinden.*

*Der Mittelstreifen des Ku'damms mit seinen alten Bäumen bringt eine angenehm entspannte Atmosphäre in diese doch sehr lebhaft befahrene Straße, die an beiden Seiten von Lokalen, edlen Designer-Boutiquen und Galerien für Kunst und Antiquitäten gesäumt wird. Das hat echtes Boulevard-Flair. Zwischen der Bleibtreustraße, dem Olivaer Platz und der Pariser Straße bummelt es sich vom Allerfeinsten, vorbei an den Shops internationaler Designer und edelsten Schmuckläden. Wem die Füße qualmen, der hockt sich tagsüber oder nachts auf ein erfrischendes Getränk in eines der Lokale mit Freisitz an den Straßenrand. Von da kann man den vorbeiflanierenden Passanten zusehen und sich von Freaks und Hipstern inspirieren lassen. Das ist sehr amüsant. Also, ich hab es genossen, genau wie am Boulevard Saint-Germain in Paris. Da steht Berlin den Franzosen in gar nichts nach! Doch, das muss mal gesagt werden. Unbedingt machen und etwas Zeit zum Genießen mitbringen! Und ja, es ist nicht schlecht, wenn ihr erst am Abend kommt, denn ab 20 Uhr haben die meisten der verführerischen Shops geschlossen und das rettet euch vor Taschengeldinsolvenz.*

Gut, wir weideten also am Ku'damm.

Ganz easy. Ich hätte stundenlang tiefenentspannt unter der gemütlichen Markise des Straßenlokals hocken können, in dem wir einen Tisch erobert hatten. An einem lauen Sommerabend, wie heute, war das mit dem Trinkhalm einer Berliner Weißen im Mund einfach optimal.

*Berliner Weiße ist so ein Plörrbier mit einem Schuss Himbeer- oder Waldmeistersirup, was das Gesöff rot oder grün färbt. Ist wie die Stadt: Ein bunter Genuss!*

Während ich meine Beine ausstreckte und mich dem Touri-Watching hingab, spielte Markus mal wieder selbst Tourist, blätterte in seinem ultimativen Stadtführer und diskutierte mit Tobi. Gut, dass wir den dabeihatten.

Ich zwinkerte Kati zu und sie hatte garantiert meine Gedanken erraten, denn sie nickte grinsend und schlürfte ihre Waldmeister-Weiße.

»Schade, dass *The Story of Berlin* schon geschlossen hat«, sagte Markus gerade. Ich wusste nicht, was er meinte, und schaute ihn fragend an. Aber er erklärte es schon von selbst: »Das ist ein kleines Museum hier am Ku'damm, wo man die ganze Geschichte Berlins im Schnelldurchgang präsentiert bekommt, einschließlich eines Abstiegs in einen Bunker.«

Aha, hörte sich interessant an, aber wenn es zu war, kam es eh nicht infrage.

»Hast du eine andere Idee?«, fragte ich also, um ihm eine Freude zu machen. Eine Idee hatte er wohl, aber er verriet sie mir nicht, vielmehr grinste er ein wenig undurchsichtig Tobi an und meinte dann geheimnisvoll: »Dürfen wir euch Mädchen mal überraschen?«

Warum nicht? Ich war gespannt.

**Berlin ist ... *wenn sich die Welt unter einer Gaslaterne trifft!***

Die Überraschung war gelungen! Da hatten die Jungs wirklich was Originelles gefunden.

Sie schleppten uns zu einem Lokal in der Nestorstraße. Es hieß »Die kleine Weltlaterne« und war seit den 60er-Jahren, wie Markus vorlas, »ein Berliner Mythos«.

Aha, dachte ich und fand es zunächst schwer zu finden, und dann nicht eben spektakulär. Auf einem hässlichen Standardschild einer Bierbrauerei stand in nostalgischer Schrift der Name des Lokals und darunter »Restaurant-Galerie«. Hm, auch nicht unbedingt besondere Erwartungen weckend. Aber ich legte meine Vorbehalte sofort ab, als wir drin waren. Da umgab mich nämlich Nostalgie pur mit einer wirklich schönen Atmo. Wow, auf so was stand ich! Sanfte Beleuchtung, Wände in dunklen Tönen, meistens rot gestrichen, und neben dem dominierenden Tresen standen viele kleine runde Bistrotische, weiß eingedeckt, mit schlichten dunklen Holzstühlen.

Von den Wänden sah man eigentlich wenig, denn sie waren, so wie das ganze Lokal, völlig überladen mit Fotos aus der bewegten Geschichte dieses Etablissements. Außerdem stand, lag oder hing auf nahezu jedem freien Fleck irgendetwas, was nach Flohmarkt und meistens auch antik aussah. Ein Grammofon mit einem großen vergoldeten Lautsprechertrichter zum Beispiel, oder ein mittelgroßer hässlicher Porzellanhund und dazwischen, weil das Lokal ja auch eine Galerie war, moderne Kunst des gerade präsentierten Künstlers. Zurzeit in Öl und ziemlich großflächig!

Das Coolste aber war ... ja, ich dachte erst, ich hätte mich verlaufen ... das Coolste war, dass ein Trio Jazzmusik live spielte. Das erinnerte mich an die langen Abende in den Pariser Jazzklubs im Quartier Latin und in meiner Begeisterung nahm ich Markus spontan in die Arme.

»Das hast du fabelhaft ausgesucht«, sagte ich, und als wir ein freies Plätzchen ergattert hatten, knutschten wir und waren einfach glücklich.

**Berlin ist ... *wenn der Jazzklub an der Spree statt in New Orleans liegt!***

*»Die Kleine Weltlaterne« muss man mögen. Sie ist wirklich eine Berliner Institution. Technofreaks kommen hier allerdings nicht auf ihre Kosten. Das Publikum wirkt ansonsten sehr gemischt. Die Fotos an den Wänden sind es wert, betrachtet zu werden, und es gibt sehr viele Autogramme von Prominenten darunter. Wir hatten Glück, dass wegen einer Geburtstagsfeier ein Jazz-Trio mit einer tollen Sängerin performte. Normalerweise finden Jazz-Sessions nur einmal im Monat am Samstagabend statt. Jeden Donnerstagabend aber gibt es Swing-Musik. Also, wer ein bisschen Berlin-Nostalgie schnuppern möchte, der sollte am Ende seines Ku'damm-Bummels ruhig einen Absacker in der »Kleinen Weltlaterne« zu sich nehmen. Man entwickelt dabei philosophische Gedanken und kommt zu innerer Ruhe. Und ja ... man schläft danach ganz wunderbar.*

*»... wenn wir dereinst uns wiederseh'n*
*bei der Laterne woll'n wir steh'n ...*
*wie einst Lili Marleen ...«*

## DIENSTAG – VORMITTAG

**Berlin ist ... *wenn dir morgens deine Füße erzählen, was du am Abend vorher gemacht hast!***

*Hallo, liebes Tagebuch!*
*Genau so ist es. Füße sind unbestechlich, die registrieren jeden Kilometer zu viel und antworten darauf mit Blasen und Schmerzen. Ich spüre heute noch, was ich denen gestern zugemutet habe. Es war schon ein Gewaltmarsch vom Bundesratufer bis zur »Kleinen Weltlaterne«. Den Abstecher in den Zoo noch gar nicht mitgerechnet ...*
*Andererseits sind die Entfernungen in Berlin längst nicht so gewaltig, wie man denkt, und notfalls gibt es ja auch sehr gute öffentliche Verkehrsmittel – das schont die Füße und kostet nicht die Welt.*

Wir fuhren erst ziemlich spät mit der U-Bahn vom Adenauerplatz zurück zum Tiergarten. Zusammen mit ziemlich seltsamen Gestalten. Eine ältere Dame war sogar noch mit dem Fahrrad unterwegs, das sie an der Haltestelle mit wahren Bärenkräften in die Bahn wuchtete. Äh, ja, helfen tat ihr keiner. Ging auch bei den meisten nicht, denn sie hatten die Hände voll.

Die eine Hand umklammerte eine Haltestange der Bahn und die andere eine Flasche Bier. Etwas, was bei uns in der Öffentlichkeit, also insbesondere in öffentlichen Verkehrsmitteln, eher nicht zu beobachten und auch nicht erwünscht ist.

Hier in Berlin, so ließ ich mich von Markus belehren, ist man da nicht so streng und schaut über das sogenannte »Wegbier« hinweg. Das ist, wie der alternative Reiseführer verrät, auch so eine typische Berliner Institution, dieses Bier auf dem Weg, ohne das viele Partygänger anscheinend ihren Heimweg nicht finden.

Nur gut, dass die Wegbiertrinker in unserer Bahn einer friedlichen Spezies angehörten und bis auf einen Popstar-Anwärter, der wohl aus einer Karaokebar kam, schweigend an ihren Fläschchen nuckelten und allenfalls im Takt des schrägen Songs mit den Füßen wippten.

Dennoch waren wir froh, als wir an der Haltestelle Tiergarten dieser Fahrgemeinschaft entkommen konnten. Wenig später überquerten wir auf dem kleinen Wullenwebersteg die Spree und bummelten dann am Bundesratufer entlang nach Hause. Hach, war das romantisch. Immer wieder blieben Markus und ich bei einer Laterne stehen und küssten uns, und Kati und Tobi hatten auch nichts Besseres zu tun, als es uns an einer anderen Laterne nachzumachen.

*Gut, ich sitze also vor meinem Tagebuch und habe das Gefühl, dass meine Füße immer noch qualmen. Was bietet sich an, um diese heute etwas zu schonen? Vielleicht mal auf die Top-Ten-Liste schauen, die Markus zusammengestellt und mit Magneten an den Kühlschrank gepappt hat. Diese Superhighlights der Hauptstadt sind sicher alle gut mit der Bahn zu erreichen. Ich fühle an meinen Zehen ein Kitzeln, so als hätten meine Quanten erleichtert geschmunzelt.*
*Okay, pilgere ich halt mal rüber und sehe nach. Wie ich Markus kenne, schläft der sicher noch. Ich glaube, er genießt es sehr, dass er nicht schon morgens um sechs Pferde füttern muss, wie auf seinem Reiterhof … da lasse ich ihn mal ruhig noch ein bisschen ratzen. Solange bei Kati und Tobi in den Zimmern noch Ruhe herrscht, werde ich die Gelegenheit nutzen, um mich ein bisschen aufzuhübschen. Die Nacht hat doch ihre Schatten unter meinen Augen zurückgelassen.*
*Da hilft nur der Abdeckstift.*

**Berlin ist … *wenn es sich um dich dreht und du trotzdem nüchtern bist!***

Markus hatte sich natürlich sehr gefreut, als ich beim Frühstück auf der Dachterrasse vorschlug, doch heute mal einen Punkt von seiner Top-Ten-Liste abzuarbeiten.

»Lasst es uns einfach relaxt angehen«, bat ich.

Mein Dad hatte mir als weitere Geburtstagsüberraschung ein kleines Bonus-Päckchen dagelassen. Darin waren wichtige Rufnummern für Reservierungen und VIP-Tickets für Restaurants, Ausstellungen und eine Musical-Aufführung enthalten.

Es war einfach zu lieb, an was er alles gedacht hatte. Natürlich auch an den Fernsehturm und der stand für mich heute ganz oben auf dem Programm.

Mit Dads Gutschein konnten wir den VIP-Fahrstuhl ins Turmrestaurant nehmen und von einem Tisch am Fenster bei einem Mittagessen den Blick über die Hauptstadt genießen. Ich stellte mir das großartig vor.

Okay, dann hieß es schleunigst reservieren, denn so ein Luxusplätzchen mit Panoramablick war bestimmt bei vielen Leuten begehrt.

*Wichtiger Hinweis: Wer den Fernsehturm auf dem Programm hat, sollte dafür mindestens eine Woche vorher Tickets und einen Tisch reservieren und zwar online. Telefonisch nehmen die in der Regel nichts an und es ist bei 1,5 Millionen Besuchern im Jahr natürlich fast immer alles ausgebucht.*

Gut, wir hatten Glück, der Tisch war reserviert und das Mittagessen in luftiger Höhe gebongt. Wow, wie das jetzt schon in meinem Bauch kribbelte. Das würde sicher ein ultimatives Erlebnis werden!

Markus freute sich total, schlurfte zum Kühlschrank und setzte einen fetten roten Haken hinter den Fernsehturm und den Alexanderplatz. Pflichtprogramm erfüllt!

»Mila, ich glaube, diese Ferien werden echt genial«, sagte er dabei und es klang richtig begeistert, nicht so, als würde er seine Pferde noch vermissen.

Ich lachte. »Na, dann hopp, mach dich fertig, der Tisch ist für halb eins bestellt.«

Er grinste mich an. Seine braunen Augen blitzten unternehmungslustig unter dem verstrubbelten Haarschopf hervor, denn die Stirntolle, die er sonst sorgfältig nach hinten gelte, hing ihm wirr ins Gesicht.

Sah irgendwie süß aus und schimmerte um sein Kinn herum nicht ein dunkler Flaum? Der war mir ja noch nie aufgefallen! Rasierte der sich sonst immer so sorgfältig? War ja spannend. Ich huschte zu ihm rüber und strich ihm sanft um das Kinn. Nein, keine Marmelade, nur so ... mit meiner warmen Hand. Er genoss es trotzdem und schnurrte wie ein Kater. Ich fand es leicht kratzig!

»Rasieren nicht vergessen!«, sagte ich grinsend.

Er nickte und gab mir einen Kuss. »Nein, tue ich nicht, ich will doch deine zarte Haut nicht ruinieren – beim Küssen!«

»Das machst du aber grade!«

»Äh, ja, entschuldige, kommt nicht wieder vor – bin schon auf dem Weg zur sanften Rasur!«

Lachend eilten wir in unsere Zimmer, um uns genau wie Kati und Tobi stadtfein zu machen.

»Muss ich heute wieder flache Schuhe anziehen?«, fragte Kati, als sie nach einem heftigen Klopfen ihren Kopf durch den Türspalt steckte. »Oder gehen die?«

Eine Hand mit ein paar High Heels erschien wie beim Kasperletheater die Puppen. Ich kicherte.

»Komm doch rein oder müssen wir das zwischen Tür und Angel besprechen?«

Sie war genau wie ich noch im Bademantel und bemerkte sofort meinen skeptischen Blick.

»Zu hoch?«

Ich nickte. »Gemeingefährlich hoch. In die Disco gerne, aber für einen Stadtbummel – ich weiß nicht. Dass du auf so was überhaupt laufen kannst!«

War mir echt unverständlich. Ich mochte ja auch schicke Schuhe und hohe Absätze, aber Kati war da irgendwie extrem. Vermutlich durch das Modeln völlig versaut für normale Latschen. Aber sie war einsichtig, denn der gestrige Marsch war auch an ihr nicht spurlos vorübergegangen.

»Ich glaub, ich nehm flache Sandalen ...«, meinte sie.

»Deine Füße werden es dir danken«, stimmte ich grinsend zu. »Sandalen werd ich auch anziehen. Es ist schließlich Sommer.«

Als Kati weg war, schlüpfte ich in ein buntes

luftiges Kleid, bürstete noch einmal kräftig durch meine langen Haare, die wie immer total widerspenstig waren, und tupfte etwas Abdeckpaste unter die Augen. Dann gab ich noch leuchtend roten Lippenstift auf meinen großen Mund. Breites Lächeln, weiße Zähne – alles perfekt! Mila war ready to go …

Von der Haltestelle Tiergarten kamen wir bequem mit S-Bahn-Linien zum Alexanderplatz, vom Berliner nur knapp, aber wie immer liebevoll, Alex genannt. Sagte ich schon, dass der Berliner in der Regel eine sehr emotionale Beziehung zu seiner Stadt hat?

Der Bahnhof Alexanderplatz mit seiner mächtigen, restaurierten Halle beeindruckte uns natürlich, aber der Platz an sich war eigentlich nur groß und kahl. Selbst an diesem warmen Tag herrschte überall Zugluft. Vielleicht fröstelte ich aber auch, weil ich mir vorstellte, wie hier früher die Nationale Volksarmee der DDR mit Panzern und allem Pipapo aufmarschiert ist, um nach Westen Stärke zu demonstrieren. Und die Abordnungen der jungen Pioniere schwenkten ihre Fähnchen dazu.

Ich mag große, leere, windige Plätze nicht, ich mag auch keine Aufmärsche, für mich sind die Zeiten, in denen sich große Armeen in Deutschland feindlich gegenüberstanden, ein für alle Mal vorbei. Wäre es nicht, um ein Stück Historie zu bewahren, könnte man von mir aus einen Vergnügungspark auf dem Alex bauen, so eine Art Prater wie in Wien oder das Tivoli in Kopenhagen. Das wäre eine Maßnahme, die Spaß in diese Ödnis brächte.

Markus lachte über meinen Vorschlag, aber so albern fand ich den gar nicht. Wäre echt eine sinnvolle Nutzung für das Vakuum hier.

Eine gelbe Straßenbahn mit mehreren Waggons fuhr vorbei. Sehr gelb, Qietscheentchen-gelb. Wie alle öffentlichen Verkehrsmittel in Berlin. Das brachte Sonne in die City und sogar noch in deren Untergrund, die U-Bahn-Tunnel. Straßenbahnen gab es übrigens nur im ehemaligen Ostteil Berlins, den man unter anderem daran erkennen konnte … Ampelmännchen mit Hut gab es zur Orientierung ja auch noch. Okay, war jetzt nicht das Thema.

Das Hauptthema des Tages stand genau vor uns: der Fernsehturm, im Volksmund auch ironisch-liebevoll Telespargel genannt.

»Wie hoch ist der eigentlich genau?«, fragte ich, denn es interessierte mich schon, wie hoch man wachsen musste, um von all den hohen Gebäuden in Deutschland das höchste zu sein und sogar die Frankfurter City zu übertrumpfen.

»368 imponierende Meter«, beantwortete Markus meine Frage und klang amüsiert. »Da haben die damaligen Machthaber in der DDR wohl ihren ganzen Ehrgeiz reingesetzt, um die Bundesrepublik zu übertrumpfen und sich ein Denkmal zu erschaffen.«

Ich grinste und Tobi meinte: »Na, wenigstens das ist ihnen gelungen, wenn auch sonst eher nicht so viel.«

»Er steht hier so mitten in der Stadt schon sehr genial«, lobte Kati.

»Das haben aber zu seiner Bauzeit nicht alle so gesehen«, meinte Markus. »Es scheint ein ziemliches Gezerre wegen des Standorts gegeben zu haben.«

Das klang mir vertraut. »Darin unterscheidet sich der Berliner offensichtlich nicht vom Pariser. Immer erst meckern, aber hinterher mit stolzgeschwellter Brust alles grandios finden, was man vorher verteufelt hat!«

Markus lachte. »Ist das so?«

Ich nickte. »Vermutlich eine allgemeine menschliche Schwäche. Was man nicht kennt, lehnt man wohl vorsichtshalber erst einmal ab. Gut, dass Architekten und Politiker da manchmal mutiger sind.«

Markus stimmte mir zu. »Ja, inzwischen haben die Berliner in Ost und West den Fernsehturm gleichermaßen in Besitz genommen. Er ist zu einem zweiten Wahrzeichen für die Stadt geworden – neben dem Brandenburger Tor. Wo wir übrigens unbedingt auch noch hinmüssen.«

Oha! Ich lenkte schnell ab. Heute bitte nicht! Das stand nun wirklich nicht auch noch auf meinem Plan.

»Ich finde, das hat er auch verdient, also den

Rang als Wahrzeichen«, meinte Kati. Die schien ja ganz vernarrt in dieses Relikt aus DDR-Zeiten. Aber wie er da so stand, schlank und elegant mit der reflektierenden Aussichts- und Restaurant-Kugel auf 203 Metern Höhe, fand ich den Fernsehturm ebenfalls wirklich gelungen. Egal wem wir ihn zu verdanken hatten. Nur die rot-weiß geringelte Spitze hätte nicht sein müssen. Die wirkte auf mich wie ein Absperrband. Bis hierher und nicht weiter!

Da verleiht dir die Fantasie Flügel, und dann kommt plötzlich diese rot-weiß geringelte Bremse und verhindert – nein, nicht die Republikflucht, sondern den ultimativen Höhenflug. Na gut, so ein Fernsehturm dient ja auch noch der Technik und es sollen schließlich keine Flugzeuge dagegenkrachen.

Schauten wir also einfach mal, wie sich das Ding von innen anfühlte.

Ich bin noch nie auf einem Fernsehturm gewesen und hatte auch noch nie in einem Restaurant auf so luftiger Höhe gespeist. So fieberte ich diesem Erlebnis nun doch regelrecht entgegen. Ich ergriff Markus' Hand und zog ihn zu den Fahrstühlen, vor denen sich eine Menschentraube knubbelte. Mit unseren Online-Tickets konnten wir den VIP-Fahrstuhl nehmen. Normalerweise liegt der Preis für Jugendliche bei ungefähr elf Euro. Ist also nicht eben billig.

Der Expressfahrstuhl katapultierte uns in Sekundenschnelle direkt zum Restaurant hoch. Uups, das fand mein Magen aber gar nicht so toll. Wäre er voll gewesen, wäre er jetzt sicherlich leer ... Das hatte echt was von einem Raketenstart ... so mit Hyperspeed oder mindestens Überschallgeschwindigkeit ....

Als wir im Restaurant »Sphere« an unserem reservierten Fenstertisch Platz nahmen, war aber alles wieder normal mit mir. Das Restaurant in der Kugel war rundum verglast, mit Tischen auf zwei Ebenen, einer, auf der wir saßen, und einer etwas erhöhten Galerie um die Mittelachse herum. Dazwischen lag ein umlaufender Gang. Die Möblierung war sachlich und wohl am DDR-Stil der 60er-Jahre orientiert, zumindest was die roten Kunstledersitze der Stühle betraf.

Als ich den ersten Blick nach unten warf, hatte ich doch ein etwas komisches Bauchgefühl. Das lag einmal an der großen Höhe, aber auch daran, dass in der Kugel eine kaum merkbare, aber stetige Bewegung war. Das Ding drehte sich nämlich innerhalb von 30 bis 60 Minuten einmal komplett um seine eigene Achse und lieferte so ein 360-Grad-Panorama von Berlin aus der Vogelperspektive. Ich fand es cool, allerdings glaube ich, dass Hanna mit ihrer Höhenangst hier oben endgültig gestorben wäre.

Fast gleichzeitig griffen wir zur Speisekarte, die Auswahl war begrenzt, aber die Preise einigermaßen zivil.

Currywurst: 8,50 Euro, Königsberger Klopse: 9,50 Euro, Berliner Leber: 15,00 Euro … echt teuer: die Kalbsrouladen. Wir entschieden uns schließlich für die Currywurst und einen opulenten Nachtisch mit Kuchen und Eis. Ungesund und lecker. Wie es der Berliner gerne aß – und wir auch.

Während wir auf das Essen warteten, genossen wir schon mal den wirklich unglaublich tollen Ausblick über die Stadt. Gerade geriet Markus völlig aus dem Häuschen.

»Da, Mila, schau nur, schau, das ist die Museumsinsel … da, mitten in der Spree. Sieh nur die Kuppel des Berliner Doms, und da … der lange Bau, das ist das *Bodemuseum* – und da ist das *Pergamonmuseum*!«

Tatsächlich, die Museumsinsel lag uns praktisch zu Füßen. Mir wurde dann aber doch ein wenig schwummerig. Schnell richtete ich den Blick wieder zum Horizont. Aber von den 40 Kilometern Fernsicht, die man von hier oben angeblich haben sollte, war heute leider nichts zu sehen. Vielmehr lag die Stadt wie unter einer Dunstglocke, was wohl mit der andauernden Hitzewelle zusammenhing. Dennoch war der Blick über das Häusermeer sehr beeindruckend. Es gab auch ein paar auffällige Sichtachsen wie zum Beispiel die Karl-Marx-Allee, die als Stalinallee 1953 den Aufstand der Bauarbeiter am 17. Juni erlebte. Die hatten schon damals die Schnauze vom DDR-Regime gestrichen voll.

Aber die Zeiten waren ja nun ein für alle Mal vorbei. Nur die schöne breite *Straße des 17. Juni*, die an diesen Volksaufstand in der DDR erinnerte, fiel von hier oben noch ganz besonders auf. Sie verlief als Verlängerung des Boulevards *Unter den Linden* bis hin zum Straßenstern im Tiergarten, in dessen Zentrum die Siegessäule mit der goldenen Siegesgöttin aufragte. Diese Säule wurde zum Gedenken an die Befreiungskriege gegen Napoleon errichtet. Und die Gold-Else, wie der Berliner die geflügelte Statue auf der Spitze der Säule nennt, ist aus den eingeschmolzenen Kanonen des Feindes gegossen worden. Das hatte mir mein Dad schon mal bei einem Spaziergang durch den Tiergarten erzählt. War wohl früher eine ziemlich häufige Verwendung für feindliche Kanonen. Also ich fand das keine schlechte Idee. Die Gold-Else gefiel mir, und so frisch restauriert, wie die war, glänzte sie heute ganz prächtig im Sonnenlicht.

Auch das Zeltdach des Sony Centers am Potsdamer Platz war recht auffällig und die Kuppeln des Deutschen und des Französischen Doms am Gendarmenmarkt.

Markus hatte seinen Stadtplan auf dem Tisch ausgebreitet und simulierte darauf die Bewegung des Turmrestaurants. Da stieß er dann auf all diese Sehenswürdigkeiten und stupste uns ebenfalls mit der Nase drauf.

Den Hauptbahnhof fand ich aber auch von selbst und den Reichstag und das Brandenburger

Tor auch, obwohl das von hier oben eher etwas mickrig aussah. Äh, nein, ist schon toll, das war jetzt keine Kritik ... aber der Reichstag mit seiner gläsernen Kuppel war jedenfalls auffälliger.

»Kannst du dir vorstellen, dass ein Künstler den mal vollkommen in weiße Tücher eingepackt hat?«, fragte Markus und zeigte mir ein Bild von der Aktion. Sogar zugeschnürt hatten die das gigantische Paket! Sah cool aus und erinnerte mich daran, dass wir da ja am Donnerstag hinwollten. Kuppel-Gucken!

Weil das Essen kam, faltete Markus seine Karte zusammen. Na, Gott sei Dank! Immer musste man ja nun den Touri auch nicht raushängen lassen ... obwohl, gerade hier machte das nichts aus, denn echte Einheimische dürfte man an diesem Ort wohl nur unter dem Servicepersonal antreffen. Eher trat man einem Chinesen, Japaner oder Ölscheich auf die Füße, als dass einem ein Berliner Zungenschlag das Gehör schädigte.

Nö, eigentlich mag ich Berlinerisch, nur die Lautstärke, mit der es meistens den Mund der Einheimischen verlässt, geht mir manchmal etwas auf den Senkel.

Wir ließen es uns schmecken, und da alle mit der Currywurst beschäftigt waren und gefräßiges Schweigen herrschte, konnte ich den nächsten Teil der Drehung mal ohne Kommentare genießen. Einfach die Stadt unter mir vorbeigleiten zu sehen, war auch wunderschön. Ich musste gar nicht unbedingt wissen, welche wertvolle Bausubstanz, was für eine historische Kirche oder welches Theater oder Museum gerade unter mir lag. Ich glaube, ich könnte auch einen Ballonflug schön finden.

Und ich wusste genau, was ich da tun würde: mal kräftig runterspucken. Das ging in dieser geschlossenen Kugel hier natürlich nicht, aber die Vorstellung, die war plötzlich ganz mächtig und ließ mich grinsen.

»Was denkst Du?«, fragte Markus kauend.

Sollte ich es ihm sagen? Ich grinste noch breiter.

**Berlin ist …** ***wenn man das Gefühl hat, der ganzen Stadt auf den Kopf spucken zu können!***

Was mir aber noch besonders auffiel, waren die vielen Grünflächen in der Stadt und an deren gerade noch sichtbaren Rändern. »Das muss der Grunewald sein«, meinte Markus und deutete in westliche Richtung. »Dahinter liegt Potsdam mit Schloss Sanssouci und …«, er grinste, »… die Villa von Günther Jauch.«

Ich kicherte. »Von wegen *die* Villa, der besitzt garantiert mehr als eine! Soviel ich weiß, hat der doch halb Potsdam aufgekauft.«

»Echt?«

Ich zuckte mit den Schultern. »Tja, Markus, es scheint, dass man als Fernsehmoderator doch deutlich mehr verdient als mit einem Pferdehof.«

Markus blieb unbeeindruckt.

»Ich möchte dennoch nicht tauschen. Ich liebe unsere Pferde.«

Ähm ja, das vertieften wir jetzt mal besser nicht weiter, so ganz meine Welt waren die Gäule immer noch nicht, aber einfach mal abwarten, wie sich die Dinge mit mir und Markus weiterentwickeln würden ... Ich sah da jedenfalls noch ganz viel Potenzial in unserer Beziehung. Uups, hatte ich mal wieder laut gedacht?

Markus grinste. »Das tue ich auch«, sagte er. »Sehr viel Potenzial. Wir sollten das unbedingt bei einem Cocktail auf der Dachterrasse etwas mehr ausschöpfen.«

Er nun wieder! Das war mir jetzt im Beisein von Kati und vor allem Tobi echt ein bisschen unangenehm und ich dachte an das Gespräch mit Hanna, welches wir in Paris geführt hatten. Das war sehr delikat gewesen, es ging nämlich um Liebe und ... Sex. Ich merkte, wie ich allein bei dem Gedanken daran rot wurde.

Aber ich wüsste schon brennend gerne, wie Markus sich das mit uns beiden weiter vorstellte. Und dieser Pärchenurlaub bot sich doch wirklich an, darüber mal in aller Ruhe und Offenheit zu reden.

»Ist was?«, fragte Markus. »Du guckst so verschreckt. Hab ich was Falsches gesagt?«

Ich schüttelte den Kopf und sah ihn offen an.

»Nein, Markus, nichts Falsches, du hast genau das Richtige gesagt. Ein Cocktail mit dir auf der

Dachterrasse ist genau das, was ich mir auch wünsche.«

»Na, dann ist es ja gut«, sagte er, wirkte sichtlich erleichtert und tauchte seinen Löffel in das cremige Eis, um es wenig später genießerisch in seinem Mund zergehen zu lassen.

Als auch die Nachspeise in unseren Bäuchen verschwunden war, kamen wir zum zweiten Mal an der Museumsinsel vorbei.

»Was haltet ihr davon, wenn wir noch einen Abstecher dahin machen würden?«, fragte Markus. »Wo sie doch so herrlich auf dem Präsentierteller vor uns liegt.«

Da hatte er eigentlich recht. Es waren wirklich nur ein paar Schritte, die würden meine Füße schon noch verkraften können. Kati und Tobi nahmen diese Anregung sogar richtig begeistert auf. Also war es beschlossen.

Wir beglichen die Rechnung mit dem Gutschein und mussten nicht mal was zuzahlen. Super oder knorke, wie der Berliner sagt.

Der Fahrstuhl zischte wieder mit dem gleichen affenartigen Tempo nach unten, wie er raufgefahren war, und als wir auf den Alex traten, atmeten wir erst mal tief durch. Gesund konnte so ein Tempo auf Dauer nicht sein. Die Sonne schien und es war sehr heiß. Ein gut klimatisiertes Museum erhielt dadurch einen ganz besonderen Reiz. Also nichts wie hin!

Auf dem Weg kamen wir an der Ostseite des Alex am Roten Rathaus vorbei.

*Das ist in zweifacher Hinsicht sehenswert: Einmal, weil es der Sitz des regierenden Bürgermeisters und des Senats von Berlin ist und zweitens, weil es wirklich rot ist. Nicht wegen der politischen Gesinnung der Regierung, sondern weil es aus roten Backsteinen erbaut ist.*

**Berlin ist ... *wenn dich Musen auf einer Insel in der Spree küssen – und manchmal auch dein Freund!***

Lachend erreichten wir dann über die Brücke der Rathausstraße die Museumsinsel auf Höhe des Schlossplatzes, wo kräftig gebaut wurde und die Absperrungen alles andere als kulturell wertvoll wirkten.

*Nur als Bemerkung zwischendurch: Berlin ist immer noch eine Wanderbaustelle: Nach wie vor wird saniert, abgerissen und neuer und schöner und größer wieder aufgebaut. Das ist laut und oft ärgerlich, aber es wird wohl so schnell nicht enden. Wer herkommt, sollte also gute Nerven mitbringen und nicht enttäuscht sein, wenn gerade da, wo er sich Idylle oder Glamour erträumt hat, ganz unromantisch und wenig glamourös Absperrungen seinen Weg verstellen und Bagger und Baukräne ihr löbliches, aber lästiges*

*Werk vollbringen. Wie hier auf der Museumsinsel, wo das Berliner Stadtschloss zumindest in seinen äußeren Umrissen wieder aufgebaut werden soll.*

Hinter der Schlossbaustelle trafen wir auf den Berliner Dom. Der hatte schon vom Fernsehturm aus auf mich einen ziemlichen Eindruck gemacht. Dieser bestätigte sich auch aus der Nähe. Was für eine mächtige Kuppel!

»Wollen wir einen Blick hineinwerfen?«, fragte Markus, der mein Faible für Kirchen inzwischen kannte. Ich nickte.

Als protestantische Kirche war der Dom im Inneren vergleichsweise schlicht gehalten, aber die Rotunde mit der Kuppel und die gewaltige Orgel im linken Bogen waren dennoch eindrucksvoll. An die 90 bedeutende Persönlichkeiten hatten hier ihre letzte Ruhestätte gefunden. Etliche Hohenzollern und auch der Preußenkönig Friedrich Wilhelm I. und seine zweite Frau Charlotte-Sophie, für die er ein Schloss im heutigen Charlottenburg erbaut hatte. Das wollte ich unbedingt auch noch besichtigen. Wegen der romantisch-traurigen Geschichte von Charlotte, deren Ehe wohl ziemlich unglücklich war.

An ihrem Sarkophag lehnte ein kleiner vergoldeter Kranz. Sie soll eine sehr gebildete Frau gewesen sein. Eine einfache Halsentzündung hat sie das Leben gekostet. Echt traurig. Aber dafür heißt jetzt ein ganzer Stadtteil nach ihr: Charlottenburg!

*Die Museumsinsel ist wirklich etwas ganz Besonderes und darum auch ein Unesco-Weltkulturerbe. Große Museen gibt es in anderen Städten ebenfalls, aber kaum eine ähnliche Ansammlung auf so engem Raum. Alle Museen sind nach der Wiedervereinigung top saniert worden und jetzt wieder komplett zugänglich. Die Giga-Baustelle ist bis auf das Schloss-Areal nun endlich eine ganz wunderbare Museumslandschaft, wie sie wohl auf der Welt echt einmalig ist.*

Als Erstes trafen wir auf das *Alte Museum*. Es war im 19. Jahrhundert im Stil einer griechischen Tempelanlage errichtet worden. Auf der mächtigen zweiläufigen Freitreppe hockten etliche fußmüde Touristen und wir suchten uns dort ebenfalls ein schattiges Plätzchen. Herrlich!

»Hast du in deinem Reiseführer eigentlich erfahren können, woher der Begriff Spree-Athen für Berlin kommt?«

Markus schüttelte den Kopf. »Nee, keinen Dunst.«

Also googeln. Wikipedia tat es dann mal wieder.

»Berlin war zur Zeit Friedrich I., also im 17. Jahrhundert, ein geistig kulturelles Zentrum in Europa. Er gründete die Universität und die Kunstakademie und förderte Kunst und Wissenschaft. Dabei war er so erfolgreich, dass Berlin sogar mit dem antiken Athen verglichen wurde.« Aha, musste man ja wissen.

»Wollen wir reingehen?«, fragte Markus und

las aus seinem Stadtführer vor. »Das *Alte Museum* enthält eine der schönsten Sammlungen aus griechisch-römischer Zeit: Statuen, Vasen, Geschirr und Schmuck aus Silber und Gold.«

»Klingt gut, aber nicht wirklich spektakulär«, sagte ich und gab zu bedenken: »Alles schaffen wir sowieso nicht an einem Tag. Wollen wir uns da nicht auf die Highlights beschränken?«

»Und die wären deiner Meinung nach?«

»Na ja, Nofretete, Pergamonaltar, Ischtar-Tor … die coolen Sachen eben!« Ich grinste. »Wer weiß, wie lange wir die noch hier anschauen können. Womöglich müssen wir bald nach Ägypten, in die Türkei oder den Iran dafür reisen, wenn die Ursprungsländer alles zurückfordern.«

Markus lachte ebenfalls. »Solange wir diese Schätze noch hier haben, sollten wir das wirklich ausnutzen. Da hast du absolut recht, Mila. Mal sehen, wie lang die Warteschlangen sind.«

Angesichts der Hitze hielten die sich in Grenzen. Es saßen zwar viele abgekämpfte Touristen auch auf Stufen und Mauern der anderen Museen, aber die Berliner selbst schienen einen Besuch in einem Strandbad vorzuziehen, sofern sie nicht ohnehin ihre heiße Stadt in Richtung Nord- und Ostsee oder Mittelmeer verlassen hatten. Schließlich waren hier Schulferien.

Mein Dad hatte uns bereits Tickets für die Museen besorgt und so mussten wir nicht mal an einer Kasse anstehen.

**Berlin ist …** ***wenn sich wegen einer einäugigen Königin Staatsmänner in die Wolle kriegen***

»Okay, dann also erst mal zu der schönen Einäugigen«, meinte Markus. »Nofretete sehen und sterben.«

Schwammkopf!

Das würde sich doch nicht mal für die Mona Lisa lohnen! Aber er hatte recht, die Büste der Ägyptischen Kaiserin war schon in etwa mit Leonardos Meisterwerk im Louvre zu vergleichen. Beide übrigens kleiner, als ich gedacht hatte, aber dennoch jede auf ihre Art faszinierend.

Ich war jedenfalls von der Nofretete regelrecht in einen Bann gezogen. Das lag aber auch daran, dass die lebensgroße Büste sehr effektvoll ausgeleuchtet auf einem Sockel unter einer Lichtkuppel präsentiert wurde. In einem eigenen kleinen Saal. Toll! Den könnten die Franzosen der Mona Lisa ruhig auch mal gönnen.

Das *Neue Museum*, in dem die Ägyptische Königin ihren Platz gefunden hatte, war noch gar nicht lange wiederhergestellt. Aber der Renovierungsaufwand hatte sich wirklich gelohnt. Alles wirkte sehr nobel.

Wir schlenderten einmal um die Büste herum und ich blieb dann eine ganze Weile andächtig und versunken davor stehen. Sie war wunderschön, ästhetisch und ausgewogen und doch auch realistisch. Die klare Schlichtheit fand ich besonders beeindruckend. Die kleinen Blessuren fielen gar nicht besonders auf, na ja gut, die Ohren waren etwas vom Zahn der Zeit angeknabbert und das eine Auge fehlte ... hm ... aber sonst war sie makellos. Eben wunderschön! Die hatte so eine total edle Aura.

»Es ist grade mal 100 Jahre her, dass man sie ausgegraben hat«, sagte Markus und hielt dabei ein Faltblatt in der Hand, aus dem er zitierte.

»Und wo genau hat man sie gefunden?«, wollte ich wissen, während Kati fragte: »Wer war sie denn eigentlich? Weiß man mehr über sie?«

Das interessierte mich auch. Also setzten wir uns auf eine Bank und Markus gab im Flüsterton sein Prospektwissen an uns weiter.

*Also: Nofretete war die Frau von Echnaton, einem Revolutionär auf dem Thron des Pharao, der eine völlig neue Religion, den Sonnenkult, in Ägypten einführte. Als man 1912 in Ägypten archäologische Grabungen durchführte, fand man die Büsten von Echnaton und die besonders schöne und gut erhaltene von Nofretete. Aus einem Wandrelief geht hervor, dass sie mindestens drei Töchter hatte und dass sie ganz offensichtlich eine wichtige Rolle im Staat und im Sonnenkult spielte. Wer ihre Porträt-Büste in Berlin gesehen hat, der traut ihr das auf jeden Fall auch zu. Auf mich wirkt sie sehr selbstbewusst und in sich ruhend. Ach ja, so wäre ich auch gerne später mal. Und natürlich auch so schön. Seufz. Vielleicht würde die Deutsche*

*Post mir dann auch wenigstens wie ihr eine Briefmarke widmen, auf eine Büste im Museum spekulierte ich gar nicht erst.*

Ich mochte ägyptische Kunst und fand es gar nicht so toll, dass Ägypten die Nofretete wiederhaben wollte. Obwohl ja alle Welt genau wie unsere Lehrerin für Kunstgeschichte den Hellenismus für das Nonplusultra hielt, stand ich eher auf Ägypten als auf griechisches Vasengedöns und Muskelprotze aus Götter- und Heldensagen.

Klar, die Körper griechischer Statuen waren sehr lebensecht und ästhetisch sicherlich sehr wertvoll ... äh ... besonders die Kerle, die nackigen ... aber es reizte mich gar nicht, mir das mit den Jungs anzusehen. War schon in Paris ziemlich peinlich.

Den Ägyptern wäre es nie eingefallen, nackte Körper darzustellen ... oder? Ich kann mich jedenfalls nicht erinnern, mal welche gesehen zu haben. Die hatten immer mindestens einen Lendenschurz und einen kragenähnlichen Halsschmuck an.

Ägyptische Schmuckstücke wie die Halsgeschmeide aus Gold, Türkisen und dunkelblauem Lapislazuli waren einfach einzigartig! Kati geriet darüber genauso ins Schwärmen wie ich.

»Gefällt dir das auch?«, fragte ich Markus und deutete auf ein feines Schmuckgeflecht in einer Glasvitrine.

Er nickte. »Doch, das ist wirklich sehr schönes Kunsthandwerk, man könnte vieles davon heute noch tragen.« Ein pfiffiges Grinsen schlich sich in sein Gesicht und seine Augen blitzten auf. »Soll ich dir so einen Halskragen zum Geburtstag schenken?«

»Gerne, aber da musst du wohl erst mal im Lotto gewinnen.«

»Wie wäre es mit einer Nachbildung aus dem Museumsshop?«, schlug er vor. Dort sahen wir uns in der Tat dann einige Nachbildungen edler Schmuckstücke und Skulpturen an. Die überstiegen aber leider immer noch unser Budget. Nur für einen kleinen emaillierten Skarabäus reichte es. Damit beschenkten Markus und ich uns gegenseitig, denn dieser ägyptische Mistkäfer soll ja auch ein Glücksbringer sein. Wir küssten uns liebevoll und ich sagte glücklich: »Jetzt haben wir beide eine schöne Erinnerung an unseren Besuch bei der Nofretete.«

Auch Kati und Tobi hatten ein paar Souvenirs erstanden und flirteten gerade kräftig miteinander. Die sahen aber auch süß zusammen aus. Tobi war ganz schön in die Höhe geschossen, immer noch ein dünner Spacken und nach wie vor ständig hungrig. Die Currywurst hatte bei dem nicht lange vorgehalten.

Unser nächstes Ziel war zwar das *Pergamonmuseum*, aber damit Tobi nicht vom Fleisch fiel, gingen wir vorher noch in das Museumscafé. Da schob er sich gleich drei Muffins rein und wir anderen tranken einen Eiskaffee.

»Das tut gut«, seufzte ich, »besonders meinen Füßen.«

Markus grinste. »Ist mir gar nicht aufgefallen, dass du die in den Eiskaffee gesteckt hast.« Er nun wieder!

»Hab ich nicht, aber der fließt bis in den großen Zeh durch! Das kühlt sensationell.« Wir lachten.

»Ist es nicht toll hier?«, fragte ich entspannt. »So viele coole Museen auf einer kleinen Insel in der Spree. Das ist doch traumhaft.« Und weil mir unwillkürlich der gigantische Louvre in den Sinn kam, fragte ich: »Warum haben sich Deutsche und Franzosen eigentlich früher so schlecht verstanden? Wenn ich so an den Louvre denke, haben doch beide Nationen viel Sinn für Kunst und Schönheit und Kultur. Da passen Kriege, die all so was nur zerstören, gar nicht in das Bild.«

Das fand Markus ebenfalls, aber auch er konnte diese alte Feindschaft nicht erklären, daher schlug er vor: »Wir fragen Gerard, der ist Franzose und Jurist, der hat davon sicher mehr Ahnung als wir. Hauptsache, die alten Streitigkeiten sind jetzt aus der Welt!«

Erfrischt steuerten wir dann das *Pergamonmuseum* an. Es hat seinen Namen von dem gewaltigen hellenistischen Altar, für den dieser Museumsbau extra errichtet wurde. Er wurde im vorderasiatischen

Pergamon ausgegraben, das heute auf dem Staatsgebiet der Türkei liegt.

»Auf den erhebt die Türkei inzwischen Anspruch«, sagte Markus. »Ist immer wieder ein beliebtes und umstrittenes Thema bei Staatsbesuchen.«

Als ich vor der eindrucksvollen breiten Marmortreppe stand, konnte ich mir nicht vorstellen, dass man diese ganze gewaltige Altaranlage noch mal umsetzen wollte.

»Aber wir behalten ihn, nicht wahr?«, sagte ich und war ehrlich gesagt nicht der Meinung, dass wir den Altar wieder hergeben sollten.

*Ich verstehe ja, dass viele Nationen ihre Kulturgüter jetzt für sich entdecken und sie endlich als Bestandteil ihres nationalen Erbes begreifen, aber es stimmt doch auch, dass in Ländern mit politischen Unruhen immer wieder großartige Kulturschätze vernichtet werden und für die gesamte Menschheit damit unwiederbringlich verloren sind.*
*Und hätte nicht eine internationale Gemeinschaft den Tempel von Abu Simbel versetzt, wäre der einfach in den Fluten des Assuan-Staudamms versunken.*
*Was die Nofretete betrifft, glaube ich, dass die Berliner total in sie verknallt sind und sie sowieso niemals ausreisen lassen würden … die würden garantiert den Airport blockieren! Das ist eine Herzensangelegenheit, wenn auch politisch wohl nicht ganz korrekt.*

Ich begann, die vielen Stufen des Pergamonaltars hinaufzusteigen. Das war aber auch ein gewaltiges Monument! Was musste das für ein Mammuttransport gewesen sein, über das Meer, mit der Bahn … in unendlich vielen Kisten verpackt … Schon ein bisschen Wahnsinn in der damaligen Zeit!

Einige der Reliefs an den Seitenpodesten, die viele schlanke Säulen trugen, waren teilweise nahezu komplett erhalten, andere jedoch nur noch in Bruchstücken vorhanden. Da sah man, was dem ganzen Altar vermutlich für ein Schicksal gedroht hätte, wenn er nicht nach Deutschland gebracht worden wäre. Na gut, lass ich jetzt mal ruhen, das Thema.

### Berlin ist … *wenn du plötzlich mitten in Babylon bist*

Der Pergamonaltar war schon toll, aber wirklich entzückt haben mich das Ischtar-Tor und die Prozessionsstraße von Babylon.

Das war wirklich eine Reise in eine andere Welt. Wunderschöne blau und türkis lasierte gebrannte Ziegel verzierten das Tor, auf dessen Seiten die beeindruckenden Reliefs eines gewaltigen Löwen und eines Stiers achtungsgebietend den Durchgang flankierten.

Farblich fand ich es sehr schön ausgewogen und die beiden Tiere wirkten lebendig und kraftvoll. Man musste ein bisschen Abstand nehmen, um alles in seiner ganzen beeindruckenden Pracht auf einen Blick anschauen zu können, denn es hatte schon beträchtliche Ausmaße.

Auch die anschließende Prozessionsstraße mit den Ziegelfriesen aus schreitenden Löwen zu beiden Seiten war wunderschön. Ich konnte gar nicht glauben, dass dieselben Menschen, die solche kunstsinnigen Bauten errichtet hatten, zugleich auch grausame Krieger und Eroberer waren.

Den großen Löwen vom Ischtar-Tor und die etwas kleineren von der Prozessionsstraße musste ich unbedingt fotografieren. Handy raus und los. Schließlich war ich ja auch vom Sternzeichen eine Löwin. Die passten einfach zu mir, und zu Hause würde ich mir die Fotos auf jeden Fall über mein Bett hängen.

Nachher konnte ich meiner Mam gleich eins per MMS schicken. Das würde ihr auch gefallen. Mam mochte Farbe und Keramik genauso sehr wie ich …

Wenn man bedachte, dass die Berliner zu der Zeit, als dieses Tor 600 vor Christus in Babylon erbaut worden war, noch Felle trugen, mit Keulen den Bären nachstellten und in den undurchdringlichen Wäldern in primitiven Hütten gehaust hatten, dann war das eine unglaubliche kulturelle Leistung.

Markus fand meine Bemerkung lustig. »Ob die da auch schon berlinert haben?«

»Klar, mach dir dünne oder ick mach dir Beene!«

Ich kicherte.

»Oha, da haben sicher selbst die Bären die Flucht ergriffen«, meinte Kati giggelnd.

Auf dem Weg zum Ausgang blätterte Markus bereits wieder in seinem Führer.

»Wollt ihr noch die Gemäldesammlung anschauen? Die ist in der *Alten Nationalgalerie,* soll sich lohnen.«

Hm, ich dachte daran, wie ich in Paris im Louvre von den Gemälden erschlagen worden war … andererseits hatte ich auch ein paar sehr romantische Bilder des Malers Claude Lorrain noch gut in Erinnerung. Die waren so richtig zum darin Abtauchen und Träumen.

»Können wir uns ein bisschen beschränken?«, fragte ich. »Dann würde ich nämlich gerne mal was von Caspar David Friedrich im Original sehen. Überall begegnet man dem, auf Briefmarken und in der Werbung …«

Kati und Tobi gaben jedoch auf. Sie hockten sich ins Museumscafé, während ich mit Markus zur Gemäldesammlung hinüberging.

»Vergesst aber nicht, uns nachher wieder abzuholen«, ermahnte mich Kati noch eindringlich.

»Na, mal sehen«, neckte ich sie. »Ein Abend ohne euch wäre ja auch mal nett.«

Sie tippte sich an die Stirn, meinte dann aber: »Mach doch, uns fällt schon was ein.«

Also sagte ich reumütig: »Nein, nein, wir kommen wieder … versprochen … Ihr sollt ja nicht unter einer Zeitung auf einer Parkbank im Tiergarten schlafen müssen.«

Markus und ich suchten gleich nach Caspar David Friedrich. Als wir endlich in einem Saal mit mehreren seiner Meisterwerke standen, war ich davon tatsächlich berührt. Diese romantische Lichtstimmung in seinen Bildern, die brachte eine ganz sensible Saite in mir zum Klingen. Da konnte ich herrlich in die Bilder eintauchen und auf Gedankenwanderungen gehen. Ich nahm mir vor, im Museumsshop ein paar Kunstpostkarten von ihm zu kaufen. *Mondaufgang am Meer* musste unbedingt dabei sein.

*Okay, ich bin eine rettungslos romantische und verkitschte Seele, aber selbst Markus gab zu, dass der Mann sein Handwerk verstand und den Betrachter wirklich in seine Bilder hineinzog. Also schaut es euch selber an, ich sage euch, ihr werdet träumen wie ich.*

Wir verzichteten darauf, noch andere Gemälde anzusehen, denn wir hatten wohl beide das Gefühl, dass Caspar David Friedrich nicht mehr zu toppen war. Jedenfalls heute nicht mehr. Außerdem warteten Kati und Tobi auf uns. Falls sie uns nicht ohnehin schon abgeschrieben hatten.

Als wir das Museum verlassen hatten, verspürten wir jedoch beide das dringende Bedürfnis, uns in die Arme zu nehmen und zu küssen. Das war so sanft und warm und weich … mit so unendlich viel Gefühl … wie ich es selten erlebt hatte.

Ach ja, die Romantiker! Echt ansteckend!

Wir gabelten unsere Freunde wieder auf, und dann kam mir spontan eine Idee.

»Kommt«, sagte ich und griff nach Markus' Hand. »Ich hab noch eine Überraschung.«

Wir überquerten die Spree auf der Friedrichsbrücke und ich schleppte meine Freunde durch den kleinen, hübschen Monbijoupark hinunter ans Ufer der Spree.

»Oh, wow!«, machte Kati ihrer Begeisterung Luft. »Da ist ja eine Strandbar!«

Ich hatte mich nämlich daran erinnert, dass hier irgendwo die berühmte »Strandbar Mitte« war.

Wir hatten Glück, fanden vier freie Liegestühle und warfen uns sofort besitzergreifend hinein. Die Jungs holten an der Bar Cola mit Eiswürfeln und bald chillten wir entspannt ab. Das war jetzt genau das Richtige für meine Füße und für meine Sinne auch. Zwar war es nicht gerade leise, denn es lief mediterrane Partymucke und Kinder, Mütter, Väter und jede Menge junger Leute redeten durcheinander, aber es war genau das, was mich nach diesem Ausflug in die Geschichte in die Gegenwart zurückholte. Und die war in Berlin richtig gut!

**Berlin ist ...** ***wenn der Strand nicht unterm Pflaster, sondern offen mitten in der Stadt liegt!***

*Ein Hinweis jedoch: Diese sehr beliebten Strandbars sind meistens Saisonbetriebe. Sie tauchen im Sommer auf und verschwinden im nächsten Jahr oft auf Nimmerwiedersehen. Was gestern noch berühmt war, wie der Bundespressestrand, ist heute nicht selten futsch oder an einen anderen Ort umgezogen. Also stets erst im Internet aktuelle Infos abfragen, bevor ihr loszieht!*

# 3. TAG

## MITTWOCH – VORMITTAG

*Liebes Tagebuch,*
*hier kommt noch ein kleines Fazit des gestrigen Tages:*

**Berlin ist ... *wenn du wunschlos glücklich bist!***

Wir haben sehr lange in der Strandbar gesessen, über das Erlebte geplaudert und genossen.

Später aßen wir eine Pizza und schlenderten dann ganz gemütlich *Unter den Linden* entlang zum Brandenburger Tor. Da hatten sich viel Jugendliche versammelt, tranken Bier und Energydrinks, spielten Gitarre und standen in kleinen Grüppchen lachend zusammen. Ein Fahrradmobil mit einem Bierfass und sechs jungen Männern fuhr uns fast über den Haufen.

OMG, was für eine Volksbelustigung!

»Wollen wir so ’n Teil auch mal mieten?«, fragte ich scherzhaft, erntete aber nur empörte Ablehnung.

Also verließen wir den Ort des Grauens und

suchten beschaulichere Gegenden auf. Gleich hinter dem Brandenburger Tor begann der Tiergarten. Auf einem Nebenweg zur *Straße des 17. Juni* pilgerten wir gemütlich durch die laue Abendluft bis zur Siegessäule. Da hockten wir uns auf die Stufen zu einigen anderen Jugendlichen und schauten zu, wie im Westen die Sonne unterging. Auch hier spielte jemand Gitarre und es wurde gesungen und Wein und Bier getrunken.

Ich kuschelte mich eng in Markus' Arme, legte meinen Kopf an seine Schulter und fühlte mich glücklich und geborgen.

»Woran denkst du?«, fragte ich und er antwortete ausnahmsweise mal nicht »an unsere Pferde«, sondern sagte: »An einen Ballon, mit dem wir beide in den Sonnenuntergang hineinfliegen.« Er nahm meine Hand in die seine. »Bist du dabei?«

Was für eine Frage?! Na, klar, immer, sofort!

Bis hinter den Horizont und weiter …

## Berlin ist … *fantastisch-bombastisch-monastisch*

*Heute wollen wir auf den Charlottenburger Markt gehen, was Leckeres einkaufen, und dann mal gemütlich zusammen kochen. Mittags ist es zurzeit einfach so heiß, dass es im Penthouse am besten auszuhalten ist. Und auf einen gemeinsam zubereiteten Lunch haben wir alle große Lust. Natürlich geht es bei Markus auch da nicht ohne ein Häppchen Kulturgenuss … sage ich mal so, um im Bild zu bleiben.*

»Das Schloss, Leute, bitte«, bettelte Markus beim Frühstück. »Es liegt ganz in der Nähe vom Markt und es soll wirklich traumhaft sein, besonders der Park.«

Weil gestern mein Interesse an Sophie-Charlotte geweckt worden war, war auch ich nun gespannt auf ihre pompöse Sommerresidenz.

Um unsere Füße zu schonen, fuhren wir mit der S-Bahn bis Bahnhof Zoo, stiegen dort in die U-Bahn-Linie 2 und fuhren bis zum Sophie-Charlotte-Platz.

»Jetzt brauchen wir nur die Schlossstraße hinaufgehen und kommen dann genau am Schlosseingang raus«, freute sich Markus. Na, wenn er meinte.

Charlottenburg war ein bürgerlicher Stadtteil, in dem auch viele Studenten der hier angesiedelten Hochschulen lebten. Entsprechend bunt ging es zu. Gemütlich wirkten die gut sanierten Quartiere aus dem frühen 20. Jahrhundert abseits der großen Verkehrsstraßen, die diesen Stadtteil in Ost-West-Richtung durchschnitten.

*Die vielen Hinterhöfe, oft mehrfach hintereinandergeschachtelt, sind etwas ganz Typisches für Berlin. Galten sie in den 20er-Jahren als finstere, feuchte Schächte und die Wohnungen dort als Gesundheitsrisiko für die Bewohner, so sind sie heute komplett saniert und ganz besonders bei jungen Familien beliebt. In den ruhigen, begrünten Höfen sitzt man abseits des Straßenlärms gerne zusammen und die Kinder können ungefährdet toben.*

**Berlin ist ... *wenn hinter der nächsten Straßenecke plötzlich ein Schloss liegt***

Wir waren weitergegangen und ich hörte gar nicht mehr auf das, was Markus schon wieder erzählte, denn ... also ... es war irgendwie ganz komisch. Gefühlsmäßig etwas irreal.

Gerade liefen wir noch durch eine ziemlich normale Straße, dann traten wir aus dem Häuserschatten und schauten plötzlich auf einen großen, freien Platz, auf dem nichts stand außer einem eindrucksvollen Schloss.

Ich fühlte mich ein bisschen wie vom Donner gerührt, denn so unvermittelt hatte ich es nicht erwartet. Diese Überraschung saß! Auch Kati verschlug es wohl erst mal die Sprache.

»Es, es ist sehr schön«, stammelte sie schließlich, und ich starrte auf das schmiedeeiserne Gitter mit den vergoldeten Spitzen und Sonnen, das uns den freien Blick auf das dahinter liegende dreiflügelige Schloss etwas verstellte. Aber sein Mittelteil ragte über drei Geschosse auf und wurde von einem eleganten Turm mit runder Kuppel und Spitztürmchen noch mal um mindestens drei Etagen überragt.

Zwei antike Schwertkämpfer standen sich auf den beiden Säulen des Eingangsportals gegenüber.

Hier war der Zaun durchlässig und das Tor geöffnet.

»Kommt«, sagte Markus, griff nach meiner Hand und wir überquerten im Laufschritt die breite Fahrbahn des Spandauer Damms, die uns noch vom Schlossvorplatz trennte.

*Das Schloss gilt als eines der Hauptwerke des Berliner Barock – und so sieht es innen auch aus. Viele Spiegel, viel Gold, viele gemusterte Wände und verschnörkelte Möbel, Porzellan, üppige Teppiche und Gemälde, Porträts und Schäferszenen in vergoldeten Rahmen.*
*Charlotte hatte es mit viel Pomp der damaligen Zeit eingerichtet, und ihr ungeliebter Ehemann hatte sich nicht lumpen lassen und ihr wahrlich eine traumhafte eigene Residenz spendiert. Schade, dass es die Ehe auch nicht gekittet hatte und sie relativ früh gestorben war. Aber wer kann schon der Nachwelt ein Schloss hinterlassen, das hat doch was!*
*Es gab auch ein paar Gemälde von Caspar David Friedrich, die aber erst später dazugekauft worden waren, als Charlotte-Sophie längst nicht mehr auf Erden wandelte.*
*Wer Schlösser mag, sollte unbedingt mal mit genügend Zeit hierherkommen. Schloss und Gartenanlage sind es wert, in Ruhe genossen zu werden. Und eins muss auch erwähnt werden: Der Eintritt ist in Berlin zu fast allen kulturellen Einrichtungen für Jugendliche unter 18 Jahren FREI!! Das ist doch mal echt sozial.*

Wir beschränkten unsere Besichtigung etwas, weil wir noch auf den Markt gehen und wenigstens einen kleinen Spaziergang durch den Schlosspark machen wollten. Der war wirklich zauberhaft angelegt, im Stil französischer Barockgärten, mit ornamentalen Beeten und viel hellem Kies. Hübsch, hatte etwas Anmutiges und wirkte wohltuend auf die Sinne. Am schönsten sah man das Gesamtkunstwerk von der hinteren Terrasse aus leicht erhöhter Perspektive.

»Wenn ich später vielleicht mal in Berlin studiere und in Charlottenburg in einer gemütlichen Hinterhofwohnung lebe, dann werde ich hier bestimmt ständig abhängen«, sagte Kati. »Das hat echt Flair!«

»Es soll auch sehr nette Plätze unter den alten Bäumen an der Spree geben«, meinte Markus, und so pilgerten wir zum Ufer, an dem sich die Schlossbrücke über das Wasser spannte. Wir machten uns auf dem Rasen lang und träumten eine Weile in den Tag hinein.

Der Himmel über uns war wolkenlos blau, Vögel zwitscherten und der Lärm der Großstadt drang, vom Querflügel des Schlosses abgemildert, nur noch gedämpft zu uns. Ich legte meinen Kopf auf die Brust von Markus, spürte seinen ruhigen Atem und hörte den gleichmäßigen Schlag seines Herzens. Dabei fühlte ich mich so entspannt und sicher, dass ich hier ewig hätte liegen können.

Zurück fuhren wir dann eine Strecke mit der U-Bahn bis zur Haltestelle Bismarckstraße. Von dort war es nur ein kurzes Stück durch ein paar Nebenstraßen mit kleinen Geschäften, Imbissbuden und Straßencafés bis zum Karl-August-Platz und der Trinitatiskirche. Ein wirklich schöner Fleck für einen Markt! Auf den Stufen der Backsteinkirche spielte und sang eine Gruppe erbauliche Lieder religiöser Natur, die über den ganzen kleinen Platz schallten.

Es war inzwischen zwölf Uhr und wir mussten uns nun ganz auf unsere Einkäufe konzentrieren, da der Markt um dreizehn Uhr dichtmachte.

Die Stände zwischen den Laubbäumen wurden von Markisen und bunten Sonnenschirmen beschattet und quollen über vor appetitlich aussehendem Obst und Gemüse, Käse und Wurstwaren. Ein rotes Mobil mit einer Feldküche lud zu Berliner Erbsensuppe mit Wurst ein.

»Guck mal«, sagte Kati, »da gibt es Pferdesalami!« Und auch alles Mögliche andere vom Pferd. Herz, Gulasch, Filet ...

Markus zog mich weiter, der Berliner Pferdemetzger gefiel ihm als Pferdenarren natürlich überhaupt nicht. Okay, konnte ich verstehen. Also folgte ich ihm zu einem Stand mit frischen Pilzen.

»Wollen wir die nehmen?«, fragte ich. »Die sehen doch richtig schön frisch aus.«

Kati und Tobi kamen mit einer Tüte vom Biobauern zu uns rüber. Ich spitzte rein. Salat, Tomaten, Zucchini und Ziegenkäse hatten sie gekauft. Prima, dann also noch die Pfifferlinge und Oliven. An einem anderen Wurststand kauften wir Speck und Mett für kleine Fleischklößchen, denn inzwischen stand fest, dass wir Tapas und Antipasti machen wollten. Kati hatte einen Tortenstand entdeckt. Da duftete es ganz wunderbar und es gab nicht nur süße Torten, sondern auch Quiche und würzige Tartes mit Käse, Sardellen, Wurst- und Fleischfüllung sowie Pizzen. Natürlich schlugen wir auch hier zu. Schon beim bloßen Anblick dieser Köstlichkeiten lief uns das Wasser im Mund zusammen.

Mit einigen Tüten beladen wanderten wir dann durch ein paar Nebenstraßen, an mehr oder weniger gelungenen Graffitis vorbei, zur U-Bahn-Haltestelle Deutsche Oper, und fuhren von da zurück zum Penthouse.

Wir luden unsere Einkäufe in der offenen Küche ab und holten uns aus dem Kühlschrank eine kühle Brause, die wir in aller Ruhe auf der schattigen Terrasse zischten, bevor wir uns ans Kochen machten. Alle fanden, dass der Schlossbesuch ein wirklich schönes Erlebnis war.

Tobi hatte die Musikanlage in Betrieb genommen und spielte den DJ, während Markus uns beim Gemüse- und Pilzeputzen unterstützte. Man merkte, dass er mit seinem Vater in einem reinen Männerhaushalt lebte, wo jeder mit anpacken musste. Jedenfalls war Kati begeistert, wie professionell er dann die Fleischbällchen rollte und mit Zwiebeln in einer würzigen Soße köcheln ließ.

Ich schnitt Zucchini in dünne Streifen und rollte sie mit Schinkenscheiben zusammen auf, bevor ich sie in Olivenöl anbriet. Das Rezept hatte ich in Spanien kennengelernt und fand es eine sehr leckere Tapas-Variante.

Die Pilze brutzelten nun mit Speck und Zwiebeln in einer großen Pfanne. Oh, wie das duftete. Das war wirklich eine super Idee, heute zum Markt zu gehen und mal selbst zu kochen. In einer so modernen und luxuriösen Küche machte das zudem noch besonders viel Spaß.

Die Tartes wanderten in den Backofen und wurden dort noch mal kurz aufgewärmt, und dann war auch schon alles verzehrbereit.

Wir beschlossen, auf der Terrasse zu speisen und rückten dort die Liegen um einen großen niedrigen Tisch, auf dem wir das ganze Futter gleichzeitig aufbauten. Markus schleppte Getränke und Gläser herbei und ich platzierte Vorspeisenteller, Besteck und Servietten auf jede Liege. Fertig. Wie bei Lukullus im alten Rom! Einfach köstlich!

Später, nachdem fast alles in unseren Mägen verschwunden war, lag ich träumend mit geschlossenen Augen auf der Liege neben Markus. Es war viel zu heiß, um etwas anderes zu tun. Warum auch? Wir hatten doch hier alles, um glücklich zu sein. Ich öffnete leicht ein Auge und schielte zu

Markus rüber. Der hatte doch tatsächlich schon wieder seinen Stadtführer vor der Nase. Irgendwie übertrieb der schon ein bisschen. Da fand ich Tobi viel entspannter. Der hatte seine Liege an die von Kati rangeschoben und knutschte nun eng umschlungen mit ihr. Das könnte Markus mit mir eigentlich auch tun, fand ich, dazu war es nie zu heiß! Er aber sagte nur: »Bist du wach, Mila? Ich habe hier einen Tipp für heute Abend gefunden.«

»Ach, ja?«, brummte ich emotionslos und wenig begeistert. Meine Füße hatten dazu aber mal wieder gar keine Meinung und ich verkniff mir die meine.

»Verrätst du es mir?«, heuchelte ich dann doch Interesse, und sofort breitete er seine Pläne in einem wahren Redeschwall vor mir aus. Hätte ich bloß nicht gefragt!

Wenn ich daran denke, dass er erst gar nicht mitkommen wollte …

## MITTWOCH – AM SPÄTEN NACHMITTAG

*Liebes Tagebuch,*
*ich bin ja so was von pappsatt!*
*Markus ist unter die Dusche verschwunden und ich will darum die Gelegenheit nutzen und noch ein paar Dinge aufschreiben, die ich nicht vergessen möchte.*
*Ich habe Mam grade eine MMS mit einem Foto vom Schloss Charlottenburg geschickt und ihr berichtet,*

*wie lecker wir heute gekocht haben. Sie hat gleich zurückgeschrieben, dass die Frau vom Bürgermeister sich einen Kurzhaarschnitt hat machen lassen, und uns noch viel Spaß gewünscht. Dann hat sie aber noch gefragt, wie es mit den Jungs so läuft.*

`Prima`, *habe ich zurückgesimst,* `alles easy`.

*Das hat mich dann aber wieder daran erinnert, dass ich unbedingt mal mit Kati ein Frauengespräch führen muss. Aber bisher hat sich einfach keine Gelegenheit dazu geboten, weil sie immer an Tobi klebte … oder Tobi an ihr.*

*Merde! Dabei ist es so dringend, denn ich habe manchmal das Gefühl, dass Markus um mich herumstreicht wie ein Kater um den heißen Brei. So als wäre ich total lecker, aber eben zu heiß … und er wolle sich nicht an mir verbrennen.*

*Gut, natürlich knutschen wir und tauschen Zärtlichkeiten aus und das ist total schön. Markus ist auch supernett und zuvorkommend zu mir, aber … ach, Mist! Eigentlich gibt es kein Aber … jedenfalls nicht, bevor ich nicht mit Kati gesprochen habe. Ich schaue vom Schreibtisch durch die Panoramascheibe auf die Terrasse. Da liegt meine Freundin immer noch auf den zusammengeschobenen Liegen … von Tobi umschlungen wie vorhin, als ich sie verlassen habe. Es sieht fast aus, als seien die beiden eingeschlafen. Nein, doch nicht, Kati steht gerade auf. Ich werde hektisch. Das ist die Gelegenheit. Da stürze ich am besten gleich zur Tür, um sie im Flur abzufangen …*

Wir stießen dort auch tatsächlich aufeinander.

»Ist Markus in der Dusche?«, fragte sie.

»Ja, wolltest du auch rein?«

Sie nickte. »Ist ziemlich klebrig heute, die Luft. Mir läuft der Schweiß über den ganzen Körper.«

»Stimmt, ziemlich schwül. Er ist bestimmt gleich fertig«, sagte ich und lud sie in mein Zimmer ein. »Magst du bei mir warten? Wir könnten überlegen, wann und wo wir unsere Shoppingtour machen wollen ...«

Da sagte sie natürlich nicht Nein und ihre Augen leuchteten, als sie sich bei mir in den modernen Sessel am Fenster warf. »Also Friedrichstraße und Galerie Lafayette müssen unbedingt sein.«

Sie griff nach ein paar Prospekten, die ich auf dem kleinen Beistelltisch liegen hatte. »Hier, guck, da sind alle Geschäfte aufgeführt. Die ganze Gegend – vom Checkpoint Charly bis *Unter den Linden*.«

Ich hockte mich zu ihr ans Ende meines Bettes und sie breitete das Leporello vor mir aus.

»Dann gehen wir mit Hanna am besten am Samstagvormittag dahin. Die Jungs können ja mal was alleine unternehmen, Gerard hat sicherlich eine Idee«, meinte ich.

»Vielleicht das Sony Center ansehen und ein Steak im *Maredo* essen?«, schlug Kati vor. »Das ist doch was für Jungs. Tobi ist immer hungrig.«

Sie lehnte sich entspannt im Sessel zurück, wippte ein bisschen damit und sagte dann: »Es ist wirklich toll hier, Mila. Danke, dass du uns mitgenommen hast, du bist die beste Freundin der Welt!« Sie strahlte mich an.

»Passt schon«, murmelte ich etwas verlegen bei so viel Überschwang und grübelte zugleich darüber nach, wie ich nun zu meiner Frage kommen sollte.

»Äh, Kati ...«, fing ich etwas unbeholfen an. »Was ich dich schon länger mal fragen wollte ...«

»Ja?« Sie schaute völlig naiv aus ihren großen blauen Augen. Oh, Mann!

»Also, ich war ja in Paris, mit Hanna bei Gerard und seiner Familie ... das weißt du ja ...«

»Ja, weiß ich. Es ist so cool, dass die beiden am Samstag zu deinem Geburtstag auch herkommen!«

Äh, ja, das ist es, war aber jetzt nicht das Thema ...

»Die sind ja nun schon länger ein ... äh ... Paar ...«

Nun schaute Kati sichtlich verwirrt.

»Ja, sind sie ... wieso? Stimmt was mit denen nicht? Hat es in Paris Krach gegeben?«

Ach du Schreck, das lief jetzt ja völlig in die falsche Richtung. Ich wehrte ab.

»Nein, nein, alles bestens ... alles okay mit denen ...«

»Na, dann ist es ja gut.« Kati stand auf.

»Ich glaube, Markus ist aus der Dusche raus, ich habe eben eine Tür gehört.«

Merde!

»Was genau wolltest du denn fragen?«

»Äh, nichts, nichts Dringendes ... das ... äh ... mit dem Shoppen haben wir ja geklärt ... Dann geh erst mal duschen.«

Sie verließ das Zimmer und ich war genauso schlau wie vorher. Konnte ich mich noch dämlicher anstellen? Kaum!

*Wie bescheuert ist das eigentlich? Was ist so kompliziert daran, seine Freundin zu fragen, ob sie mit ihrem Freund schon mal geschlafen hat? Ist doch ganz einfach. Nur ein Satz. Gar nicht kompliziert. Ich habe Hanna das doch auch gefragt, warum fällt es mir bei Kati so schwer? Vielleicht weil Hanna und Gerard ganz selbstverständlich in Paris ein Zimmer geteilt hatten, Tobi und Kati hier aber jeder ein eigenes hatten? Das sah eher nicht so aus, als würden die beiden mehr als Knutschen, obwohl ... vielleicht wahrten sie ja auch nur den Schein und besuchten sich nachts heimlich. Genau, das war's! Ich würde heute Nacht einfach mal meine Zimmertür etwas auflassen ... nein ... ich wollte denen nicht nachspionieren, aber es würde mir schon ein bisschen helfen, die Lage einzuschätzen ... wenn ich die Einzige von uns dreien wäre, die noch Jungfrau ist, dann wäre es vielleicht doch mal an der Zeit, mit Markus den besagten Drink zu nehmen und das erste Mal zwischen uns zum Thema zu machen. Berlin ist doch eigentlich ein idealer Ort für so was? Finde ich!*
*Obwohl ... muss man darüber eigentlich mit einem*

*Jungen reden? Tötet das nicht völlig die Romantik? Ich hab mir immer gedacht, das kommt wie ein Sturm über mich und bläst mich einfach weg … äh … na ja …*

*Ich glaube, ich habe zu viele Liebesromane gelesen, da geht das immer wie selbstverständlich, aber im wirklichen Leben? Ich hab schon oft gemerkt, dass das irgendwie doch meistens ziemlich wenig Ähnlichkeit mit dem hat, was in den Büchern steht. Vielleicht sollte ich das mal zum Thema meines nächsten Werks machen: »Mila Schnauze spricht über das wahre Leben!«*

*Ich muss kichern. Aber ehrlich gesagt, was weiß ich denn schon davon … also, was diese … äh … Liebesdinge wirklich angeht!?*

**Berlin ist … wenn es dich abends immer wieder rauszieht!**

*Mein Vater hat mir ein paar Tipps für nette Lokale aufgeschrieben und einer davon ist der »Wintergarten« im Literaturhaus, in der Nähe der Universität der Künste. Die Fasanenstraße soll früher mal eine angesagte Shoppingstraße mit den besten Luxuslabels gewesen sein. Gucci, Cartier, Chanel, Louis Vuitton … Die sind aber inzwischen alle in den ehemaligen Osten umgezogen, zum Beispiel in die Französische Straße. Jetzt rücken hier junge Designer nach.*

*Ich war schon mal mit meinen Eltern in dem feinen Restaurant. Es liegt in einer wirklich schönen Villa aus dem 19. Jahrhundert und hat auch einen kleinen Bier- und Cafégarten im Grünen. Da können wir doch eigentlich prima in den Abend starten. Am besten reserviere ich einfach mal einen Tisch und überrasche meine Freunde. Dann wird das heute der Charlottenburger Tag. Warum nicht? Ist ein wirklich schöner Stadtteil mit vielen Studenten, so wie in Paris das Quartier Latin. Ich schmunzle beim Gedanken daran und frage mich, was Philippe wohl in diesem Sommer so treibt. Ob er auch mal nach Berlin kommen wird? Dann könnte ich mich revanchieren und ihm meine Heimatstadt zeigen … ach, das wäre traumhaft …*

Ich wurde aus diesen träumerischen Gedanken gerissen, als es an meine Tür klopfte und auf mein »Herein« Markus im Bademantel und mit noch nassen Haaren eintrat. Ich klappte schnell mein Tagebuch zu.

»Brauchst du einen Fön?«, fragte ich.

Er schüttelte den Kopf. »Nein, ich wollte nur wissen, was wir vorhaben? Ob ich noch die Haare auf der Terrasse trocknen lassen kann. Kati scheint den Fön dringender zu brauchen.« Ich lachte.

Wir gingen zusammen zurück auf die Terrasse, wo Tobi eingeschlafen war. So eine Penntüte!

Ich kitzelte ihn mit einem Trinkhalm, den ich ihm ein bisschen ins Nasenloch schob. Markus kicherte und Tobi schoss hoch, als hätte ihn eine Tarantel gebissen … Nee, falsches Bild, als wäre ihm ein Regenwurm in die Nase gekrochen.

Ich glaube, es war wirklich ein ekliges Gefühl, denn er sah irgendwie ziemlich schockiert aus. Schnell outete ich mich als die Übeltäterin. »Keine Termiten, keine Kakerlaken ... alles easy, Tobi. Wir sind ja hier nicht im Dschungelcamp.«

Er nahm den Streich nun locker und legte sich wieder entspannt zurück. »Wo ist eigentlich Kati?«, wollte er wissen, weil ihm wohl etwas an seiner Seite fehlte. Zu süß, die beiden!

»Duschen.«

»Müsste ich auch mal.«

Ich horchte auf. Da wollte ich doch gleich einen Testballon starten. »Kannst ihr ja Gesellschaft leisten.«

Beide Jungs starrten mich perplex an. Oha ...

Tobi bekam echt einen roten Kopf. Also, der war bestimmt noch Jungfrau ... äh ... Jungmann, fast hatte ich es mir ja gedacht. An unserer Schule war man allgemein nicht so schnell in diesen Dingen. Hanna bildete eine echte Ausnahme, aber das lag auch daran, dass Gerard viel älter war als unsere Jungs und schon studierte ... und Hanna war auch in der Welt schon ein bisschen herumgekommen, damals als sie an dem Eurostar-Gesangswettbewerb teilgenommen hatte ...

Ich erlöste Tobi. »War ein Scherz!«, sagte ich. »Das ist ein anständiges Haus. Hast du nicht das Schild an der Dusche gesehen?«

Tobi war immer noch verwirrt. »Was für ein Schild?«

Ich musste mich sehr zwingen, mein Lachen zu unterdrücken und megaernst zu sagen: »Na ja, mit den öffentlichen Duschzeiten: Frauen vor dem Frühstück und Männer nach dem Abendessen. Dazwischen gemeinsames Duschen nur mit Badesachen! Ab Mitternacht frei für Nudisten beiderlei Geschlechts!«

Markus konnte nun nicht mehr an sich halten und prustete los. Und auch ich hätte mich fast an meinem unterdrückten Kichern verschluckt. Nur Tobi, dieser süße Naivling, nahm alles für bare Münze und nickte verständnisvoll. »Das ist eine gute Regelung, stammt die von deinem Dad?«

Mir schossen die Lachtränen in die Augen, als ich nickte.

»Ja, genau, der war früher mal Bademeister in einer öffentlichen Badeanstalt in Neukölln, da muss man das schon wegen der vielen Moslems so regeln. Hat sich bewährt.« Nun musste auch der größte Depp merken, dass ich ihn veräppelte.

»Du nimmst mich auf den Arm«, meinte Tobi jetzt endlich.

Ich lachte prustend und entschuldigte mich sofort für die kleine Verarsche.

»Duscht, wie ihr wollt«, sagte ich dabei, »mir ist das doch vollkommen Latte!« Öhm …

*Jedenfalls nahm ich aus diesem Wortgeplänkel die Erkenntnis mit, dass Katis und Tobis Sexualleben eher noch keins war. Irgendwie beruhigend. Dann war ich*

*wenigstens nicht die Einzige von uns Freundinnen, die noch nicht … äh … ja … eben das … gemacht hatte … Das lasse ich jetzt mal so stehen.*
*Gibt ja schließlich auch noch andere Themen, gerade hier in Berlin.*

## IMMER NOCH MITTWOCH – SPÄT AM ABEND, EIGENTLICH SCHON NACHTS

*Liebes Tagebuch,*
*ein wirklich schöner Tag geht zu Ende. Ich habe Berlin von einer ganz anderen Seite kennengelernt und mich fast wie eine Einheimische gefühlt.*
*Ich war auf einem Markt einkaufen, habe mit meinen Freunden gekocht, entspannt gegessen und noch einen wunderschönen Abend verbracht.*
*Das »Literaturhaus« war für eine angehende Schriftstellerin wie mich ein wirklich schöner und inspirierender Ort. Das erinnerte mich irgendwie an Paris und Philippe. Wir haben dort lange gesessen, Apfelschorle getrunken und über Gott und die Welt philosophiert. Und ohne dass ich mich wieder einmal wer weiß wie verrenken musste, kamen wir dann auch auf die Liebe zu sprechen – dieses unordentliche Gefühl, das in unserem Alter ja so immens wichtig wird und unser Denken mehr bestimmt als alles andere. So ergab es sich, dass wir plötzlich auch darüber diskutierten, wann denn wohl der richtige Zeitpunkt für das erste Mal wäre. Das ging ganz zwanglos, und obwohl*

*Tobi wieder ziemlich rot anlief, hatte auch er dazu eine erstaunlich klare und auch kluge Meinung.*

»Ich ... äh ... würde ein Mädchen nie unter Druck setzen«, sagte er immer noch ein bisschen schüchtern, wie es nun mal seine Art ist. »Sie müsste schon ... äh ... deutlich zu erkennen geben, dass sie mit mir ... äh ... weitergehen möchte ... Wahre Liebe kann warten, bis beide bereit sind, denke ich.«

Kati strahlte ihn bei diesen Worten ganz glücklich an und Markus meinte: »Es muss auch der richtige Moment sein, damit es für beide immer eine schöne Erinnerung bleibt.«

Mit dieser Bemerkung erstaunte er mich. Da hatte er sich ja offenbar schon sehr romantische Gedanken drüber gemacht. Ich sah ihn an und begegnete seinem liebevollen Blick. »Nicht wahr, Mila? Das wollen wir doch«, sagte er mit samtiger Stimme. Da hätte ich gleich hinschmelzen können ... ähm ... ja ... Verdammte Kiste, ich war in diesen Jungen tatsächlich immer noch total verschossen!

### Berlin ist ... *wenn die Burger Buletten heißen und man Kind(l)er-Bier dazu trinkt*

*Es heißt, Berlin schläft nie. Und wenn man noch spät durch die Straßen bummelt, dann bestätigt sich dieser Eindruck. Nicht nur wegen der Kneipen, auch die sogenannten Spätis, Kioske oder Tante-Emma-Läden, scheinen rund um die Uhr geöffnet zu sein. Da kauft man sich noch schnell die Zutaten für eine Late-Night-Dinner-Kochaktion oder das obligatorische »Wegbier« und holt sich für den Heimweg noch schnell eine Currywurst, einen Döner oder eine Falafel auf die Faust. Die Berliner Nächte sind irgendwie endlos, sie gehen oft gleich in den Morgen über und nach einem ersten Kaffee um sechs Uhr kann der nächste Tag beginnen. Ganz so schlimm treiben wir es zwar nicht, aber wenn man erst mal in so einem gemütlichen Lokal hockt, dann kriegt man den Hintern schwer wieder hoch. Das ist, als hätte man Kleber am Po. Im Grunde ist es auch schnurzegal, ob man nun noch einen Biergarten weiterwandert ... die sind eigentlich fast alle gleich gemütlich. In Charlottenburg trifft man in den einschlägigen Pinten und Klubs zum Beispiel rund um den Savignyplatz immer auch auf ein jüngeres, überwiegend studentisches Publikum. Leute also, unter denen wir uns wohlfühlen können.*

*Für den kleinen Hunger reicht meist eine Bulette, was eine Berliner Art von Fleischklops oder nicht geplättetem Hamburger ist. Buletten werden mit einer Gurke und Senf zusammen verzehrt und am besten mit Berliner Kindl-Bier runtergespült. Brause tut es aber auch. Wer es opulenter will, findet im Bereich der Kantstraße sehr gute chinesische Lokale, die man sich allerdings mit den Chinesen teilen muss. Hier ist nämlich Berlins Chinatown. Besonders die Kanton-Küche ist echt lecker!*

**Berlin ist … *wenn die Laternen nicht nur vor dem großen Tor, sondern in einem FreiLICHTmuseum stehen***

Der krönende Abschluss des Abends erwartete uns dann am Ende eines gemächlichen Bummels durch Charlottenburg.
Ganz geschickt hatte uns Markus nämlich in einen Winkel des Tiergartens gelotst, wo sich das sogenannte Gaslaternenmuseum befand.

Nein, keine Angst, ist nicht schon wieder Kultur … oder doch … etwas schon … aber die nahm man so nebenbei mit.

Zuallererst war es total romantisch! Hier standen nämlich am Wegesrand Dutzende der schönsten Gaslaternen aus aller Welt und verströmten ihr mildes, warm getöntes Licht aus zum Teil mehrarmigen, reich verzierten Kandelabern.

Dort zwischen all den anderen Liebespärchen herumzuspazieren und sich von Laterne zu Laterne zu küssen, war das netteste Gesellschaftsspiel, das ich seit Langem gespielt hatte.

*Mein Tipp: unbedingt nachmachen! Kostenlos und draußen!*

*Uns're beiden Schatten, sah'n wie einer aus,*
*dass wir lieb uns hatten, das sah man gleich daraus …*
*und alle Leute soll'n es seh'n,*
*wenn wir bei der Laterne steh'n*
*wie einst Lili Marleen …*

# 4. TAG

## DONNERSTAG – MORGENS

*Guten Morgen, liebes Tagebuch,*
*da bin ich schon wieder!*
*Wir haben also gestern gemütlich gechillt und sind darum heute fit für eine größere Besichtigungstour aus dem Pflichtprogramm von Markus. Der braucht noch ein paar Haken an seinen Top-Ten-Punkten. So richtig die Supertouristen sind wir noch nicht. Aber es ist sicher Quatsch zu glauben, man könne Berlin in so wenigen Tagen kennenlernen, indem man alle Sehenswürdigkeiten nacheinander abklappert.*
*So wie wir es bisher gemacht haben, finde ich es total schön, und heute bin ich auch wieder mal für ein paar gewichtige neue Eindrücke bereit.*
*Als Erstes steht der Reichstag an, also zumindest die Kuppel und die, so hat Markus es natürlich mal wieder aus einem Führer, besichtigt man am besten am Morgen, nachdem man anständig gefrühstückt hat. Dafür haben wir uns ja auch schon angemeldet.*
*Na denn will ich die faule Bande mal aus den Betten schmeißen!*

**Berlin ist ... *wenn du den Bundestags-abgeordneten aufs Dach steigen kannst!***

Das ist nicht mal bildlich gesprochen, das mit dem Aufs-Dach-Steigen! Man konnte es wirklich ganz konkret machen, denn es gab auf dem Reichstag eine riesige Terrasse, wo auch immer mal rauschende Feste gefeiert wurden – die Bundestagskantine ... äh ... das renommierte Restaurant *Käfer* lag dort nämlich gleich neben der Glaskuppel.

Die war ja so was von transparent, die Kuppel – also da kriegte man echt den Durchblick, von dem man nur hoffen konnte, dass den unsere Abgeordneten auch hatten.

Darin langsam die Spirale zum Scheitelpunkt hochzusteigen, das war besonders im Morgenlicht einfach schön und einen tollen Blick über die Stadt hatte man ebenfalls.

Man sah den Tiergarten mit dem Sowjetischen Ehrenmal, der Siegessäule mit der goldglänzenden »Else« und seitlich das Brandenburger Tor mit der Quadriga. Die Dächer von Nobelhotels wie dem Adlon und die Luxusmeile *Unter den Linden*. Zurzeit allerdings mit wenig stylischer U-Bahn-Baustelle.

Ich genoss in Markus' Arm den Ausblick, während Tobi und Kati herumalberten und so taten, als würden sie den Leuten, die noch unten in der Spirale anstanden, auf den Kopf spucken wollen.

»Sollen sie doch machen«, sagte ich grinsend

zu Markus, »mal sehen, ob sie Hausverbot bekommen.«

Sie ließen es zwar, aber ihr Gelächter war dem eher ernsten Charakter der Location nicht wirklich angemessen. Einer von den Aufsehern, die hier reichlich herumstanden, schielte auch schon ziemlich genervt zu uns rüber.

»Wollen wir denn noch eine Sitzung des Bundestages ansehen?«, fragt Markus. Es wirkte, als hätte er tatsächlich Lust darauf, unsere kostbare Zeit bei so was totzuschlagen.

»Nicht dein Ernst?!«, rief auch Kati gleich ablehnend aus, während Tobi dem Genius Loci angepasst etwas diplomatischer fragte: »Hast du da Lust drauf, Mila?«

Womit er mir ja sehr geschickt den Schwarzen Peter zugeschustert hatte. Nee. Eigentlich hatte ich keinen Bock auf Parlamentsdebatten. Die waren im Fernsehen ja schon reichlich öde. Es sei denn, es stünde ein Thema auf der Tagesordnung, das auch für uns interessant war.

Markus schüttelte auf meine Frage hin den Kopf. »Nein, es geht um Europapolitik, irgendwelche neuen Normen für die Subventionierung von Windenergie.«

Oha, das war ja genau das, was ich immer schon mal hören wollte. Da gab es sicherlich noch was Spannenderes. Zum Beispiel wäre doch ein kleiner Spaziergang durch das Regierungsviertel jetzt ganz nett. Alle Welt schwärmte von dessen moderner

Architektur. Mein Vorschlag fand Anklang und so verließen wir die Kuppel und schenkten uns den Rest des Reichstags.

*Nun ist der Reichstag ja schön wieder aufgebaut, aber seine Geschichte ist eine sehr wechselvolle, und obwohl die Inschrift »Dem Deutschen Volke« lautet, haben viele Entscheidungen und Ereignisse darin alles andere als dem Wohl des deutschen Volkes gedient.*
*Es war hier, wo Hitler die Macht ergreifen konnte und wo nur wenige aufrechte Abgeordnete seinen wahnsinnigen Kriegsplänen Widerstand entgegensetzten. Hier nahm das Verhängnis seinen Anfang, das in letzter Konsequenz auch zu der jahrzehntelangen Teilung unseres Volkes geführt hat.*
*Aber es ist wohl dennoch richtig, dass das Parlament unseres wiedervereinigten Landes an diesem Ort tagt und nicht mehr in Bonn. Unsere Politiker können es ja besser machen als ihre Vorgänger.*

Markus kam auf die glorreiche Idee, die Besichtigungstour durch das Regierungsviertel auf Segway-Rollern zu machen. Das sind diese schicken Elektroroller mit den zwei dicken seitlich angebrachten Reifen, die so aussehen, als würde der Fahrer jeden Moment mit denen umkippen.

»Da semmle ich mich ja gleich auf die Schnauze«, sagte ich entsprechend wenig begeistert, aber zu meiner Verwunderung waren Kati und Tobi sofort dafür.

»Das ist toll«, schwärmte Kati und strahlte Tobi an. »Weißt du noch, wie cool das im Vergnügungspark war?«

Tobi nickte. »Riesig, hier damit durch die Gegend zu düsen, muss noch viel geiler sein.«

Äh, ja, da war ich dann wohl überstimmt.

»Du lernst das ganz schnell, Mila, ist wirklich ein Kinderspiel und du bist doch sportlich.«

Na ja, ging so. Unser Sportlehrer Sprinter hatte das immer anders gesehen. Aber ich nahm ja jede Herausforderung an. Versuch macht kluch!

Die Leute vom Segway-Verleih, der ganz in der Nähe vom Reichstag lag, waren dann aber sehr nett und gaben mir eine Turbo-Einweisung.

»Deine Freunde haben ja schon Erfahrung, die können dir notfalls unterwegs noch ein bisschen helfen, wenn es nötig sein sollte«, meinte das Mädel, das mir die Sache vorgeführt und erklärt hatte. Ich nickte ergeben, hatte aber durchaus mehr Tatendurst in mir als Schiss in der Hose. Also mieteten wir die Dinger für anderthalb Stunden, bekamen eine Wegbeschreibung und zischten los. Na ja, zischen ist vielleicht etwas übertrieben, das Tempo ist schon eher gemächlich. Was aber auch gut so ist.

Nach 15 Minuten hatte ich es dann ganz gut drauf und wir konnten die Route durch das Regierungsviertel angehen.

Das brachte wirklich viel Spaß und der leichte

Fahrtwind war bei der schwülen Hitze, die heute herrschte, sehr angenehm.

*Nicht weit vom Reichstag macht die Spree einen kleinen Bogen und eine superstylische Brücke führt über sie hinweg. Ein Brückenschlag in Ost-West-Richtung, der die Zusammengehörigkeit der beiden ehemaligen deutschen Staaten symbolisieren soll.*
*Kommt man vielleicht nicht spontan drauf, ist aber von den Architekten der beiden dadurch verbundenen hochmodernen Parlamentsgebäude echt stark umgesetzt worden.*

Natürlich war ich dann mal wieder zu übermütig. Wir hatten grade das coole Kanzleramt passiert, als ich an einem etwas abschüssigen Weg zur Spree runter plötzlich immer schneller wurde und die Gewalt über mein Gefährt zu verlieren drohte.

»Markus, Hilfe!«, schrie ich in Panik, denn ich sah mich schon geradewegs ins Wasser rollen und mein Leben als Wasserleiche beenden!

Markus kriegte bei meiner halsbrecherischen Fahrt wohl einen tüchtigen Schrecken, denn er brüllte unnatürlich laut: »Spring ab, Mila, runter, runter von dem Ding!«

Nun ja, ich gab alles, um mich, aber auch den Segway-Roller zu retten, war ja sicherlich nicht ganz billig so ein Teil. Also warf ich mich zwar seitlich auf ein wohlgepflegtes Rasenstück, ließ dabei den Roller aber nicht los. Wir kippten zusammen in die Botanik und hauchten unsere Seele aus. Nein, Quark, natürlich nicht.

Ich schürfte mir, woran auch immer, den Ellenbogen etwas auf, und das Rollergefährt landete auf mir und gab seinen Geist auf. Vermutlich eine Notabschaltung.

Meine Freunde düsten heran. Markus stürzte sich sofort auf mich und zerrte den Roller von mir runter. Dann ging er in die Knie und hob mich in seine Arme. Oh, wow, war das schön. Ich lehnte mich an seine Brust und seufzte tief, als er fragte: »Alles in Ordnung mit dir, Mila?«

Ich nickte und betrachtete die lange Schürfwunde an meinem Arm. Schien schlimmer auszusehen, als sie war.

»Alles paletti, das Mistding ließ sich einfach nicht bremsen.«

Markus lächelte, während Tobi sich das Teil anschaute und zu dem fachkundigen Urteil kam, dass alles in Ordnung wäre. »Du hast wahrscheinlich was falsch bedient, vermutlich weil du Panik hattest. Normalerweise gleichen die Roller leichtes Gefälle von selbst aus.«

Aha, sollte man wissen. Hatte mir aber niemand gesagt. Okay, war ja noch mal gut gegangen. Dem unfreiwilligen Bad in der Spree war ich jedenfalls entronnen.

»Traust du dich denn weiterzufahren?«, fragte Kati besorgt.

»Klar, warum nicht? Hab ja nur 'ne Schramme,

die schränkt doch meine Fahrtüchtigkeit nicht ein.«

Aber den Rest der Tour zuckelten wir dann doch mit reduziertem Tempo ab, und Markus blieb immer ganz dicht bei mir. War schon besser, wenn auch nicht wirklich nötig, wie ich fand.

*Für Segways werden auch komplette geführte Touren angeboten, für die man sich aber am besten frühzeitig über das Internet anmeldet. Kurzentschlossene können jedoch oft wie wir noch freie Plätze oder Roller bekommen. Macht echt Spaß, wenn man sich etwas weniger deppert anstellt als ich.*

Wir schossen noch ein paar Erinnerungsfotos mit höchst albernen Verrenkungen und gingen dann, nachdem wir die Segways wieder abgegeben hatten, im Nante-Eck *Unter den Linden* essen. Das ist ein Altberliner Lokal in neuer Umgebung, mit Holztischen, freundlicher Bedienung und Berliner Spezialitäten auf der Speisekarte. Es liegt nicht weit vom Brandenburger Tor entfernt und hat einigermaßen zivile Preise für diese touristische Gegend.

*Die Altberliner Küche ist schon nicht die gesündeste und auch nicht sehr variantenreich. Buletten, Gurken, Currywurst und Eisbein sind die unverzichtbaren Grundbestandteile. Wer Innereien mag, findet vielleicht an der Berliner Leber vom Kalb mit Apfelringen*

*und Kartoffelbrei Geschmack. Wenn man Glück hat, zählt der Wirt auch das Gulasch noch zu den Berliner Spezialitäten, sonst muss man notfalls auf Schmalzbrot und Spreewaldgurke zurückgreifen.*
*Ich rede jetzt aber wirklich nur von den »Berliner Spezialitäten«, die man ja mal verkostet haben muss, wenn man hier ist. Ansonsten empfiehlt es sich in dieser Weltstadt dann aber eher, in die exquisiten Kochtöpfe der Welt hineinzuschnuppern, die sich hier ihr kulinarisches Stelldichein geben.*

Wir Mädchen aßen also Bierkutschergulasch, Markus Buletten mit Speckbohnen und Bratkartoffeln und Tobi versuchte sich an der Kalbsleber. Alles war gut essbar und die sportliche Betätigung auf den Segways hatte uns auch hungrig gemacht.

Wir schütteten gläserweise Fanta und Apfelschorle in uns rein und tranken dann zum Nachtisch noch einen leckeren Cappuccino. Der war garantiert nicht berlinerisch, obwohl er mit Sahne statt mit Milchschaum serviert wurde. Na ja, man kann nicht alles haben.

»Okay«, drängte Markus schließlich zum Aufbruch.

»Seid ihr fit für eine Reise in die Vergangenheit?«

Wir nickten. Mir war etwas beklommen zumute, wusste ich doch nicht, was mich wirklich erwarten würde. Aber nun war es beschlossen und jetzt zog ich das natürlich auch durch.

**Berlin ist … *wenn überall der Atem der Geschichte weht, der Berliner sich aber nicht davon umblasen lässt***

*Man musste dahin. Das stand für uns alle außer Frage. Die Verfolgung der Juden mit dem Ziel ihrer vollständigen Ausrottung in Europa ist eines der dunkelsten Kapitel unserer Geschichte. Das darf nicht vergessen werden und das Holocaust-Mahnmal hat seine absolute Berechtigung.*
*Wir hatten im Geschichtsunterricht darüber gesprochen und Bilder gesehen und nicht verstehen können, wie der Mensch dem Menschen so etwas antun kann. Nun wollten wir zwischen den etwa 2700 unterschiedlich hohen Stelen herumgehen und durch unsere Anwesenheit zeigen, dass wir nicht vor diesem Erbe kneifen, sondern uns in der Verantwortung sehen, dafür einzustehen, dass so ein barbarischer Völkermord nie wieder geschehen kann.*

Wir befanden uns ziemlich in der Mitte des Stelenfeldes, dort wo die höchsten Stelen uns mehr als einen Meter überragten, als Tobi seine Hand an den glatten Beton legte und sagte: »Es ist wie ein Friedhof und doch auch wie ein Gefängnis, finde ich.«

Damit sprach er aus, was auch ich empfand. Man trat arglos ein und war plötzlich ausweglos mittendrin. Die niedrigeren Stelen hatten die Ausmaße von großen Sarkophagen und wirkten so auch auf mich, andere erinnerten an Grabsteine für Familiengruften und die höchsten schienen nur einen Zweck zu haben, den Himmel auszusperren aus diesem Komplex der dunkelsten Geschichte unseres Volkes.

Obwohl man im Auf und Ab der geraden Reihen immer das Ende sehen konnte, befiel mich zwischen diesen Stelen eine regelrechte Klaustrophobie.

Es wäre so leicht, überall herauszugehen, man hatte die Freiheit vor Augen, doch zuvor musste man durch die Gänge, und dabei entstand dann dieses beklemmende Gefühl, dass es kein Entrinnen gab, keinen Ausweg, keine Fluchtmöglichkeit. Eine dumpfe Resignation hing zwischen den Betonsteinen und ließ einen trotz der schwülen Hitze frösteln.

## Berlin ist … *wenn manchmal selbst der Himmel weinen muss*

Ganz plötzlich fing es an zu donnern und wenig später zischten Blitze über den Himmel, der sich schlagartig verdunkelt hatte.

Wir schreckten zusammen und kurz darauf ging ein gewaltiger Wolkenbruch nieder und wir rannten in kopfloser Panik vor den herabstürzenden Wassermassen davon und verloren uns aus den Augen …

Ich fühlte mich einsam und ausgeliefert. Diese

Empfindung wischte jeden rationalen Gedanken einfach weg. Obwohl gerade, offene Wege vor mir lagen, beschritt ich sie nicht, sondern drückte mich an den kalten, glatten Beton einer übermannshohen Stele. Als könnte sie mir Schutz bieten. Doch das Regenwasser lief an ihr herunter und zu meinen Füßen bildeten sich traurige Pfützen. Es war, als ob die Steine weinen würden.

Es ist nichts, nur ein Regenschauer, versuchte ich mich selber zu beruhigen. Aber ich begann unwillkürlich zu zittern, denn mein leichtes Sommerkleid war bereits klatschnass.

Jemand berührte mich an der Schulter und drehte mich dann mit einem kräftigen Griff seiner beiden Hände zu sich herum. Markus! Er stand, genauso durchgeweicht wie ich, hinter mir. Das Haar hing ihm tropfend in die Stirn.

»Liebes«, sagte er leise, »da bist du ja.«

Ich floh an seine Brust. Er strich mir unbeholfen über das Haar. »Du musst dich nicht fürchten, Mila. Es ist nur ein Gewitter, das vergeht.«

»Aber die Kälte«, sagte ich bebend mit aufeinanderschlagenden Zähnen, »diese Kälte, woher kommt sie nur?«

»Es ist dieser Ort, Mila. Dieser Ort macht uns alle frieren.«

Markus führte mich ruhig und fürsorglich aus dem Labyrinth des Schreckens hinaus. Auf dem Platz am Infocenter trafen wir wieder auf Kati und Tobi.

Die beiden waren auch vollkommen nass und ziemlich blass.

»Und jetzt?«, fragte Kati schließlich in die fast greifbare Hilflosigkeit zwischen uns hinein.

»Nach Hause, am besten erst mal nach Hause«, sagte ich und merkte, dass meine Stimme immer noch zittrig klang.

»Eine warme Dusche wäre nicht schlecht«, meinte Tobi arglos, und da kam mir das Essen hoch und ich spuckte hinter eine Bank.

»Was ist denn?«, fragte Tobi. »Habe ich was Falsches gesagt?« Ich schüttelte den Kopf.

»Nein, ich, äh, bin nur zu empfindlich.«

## DONNERSTAG – SPÄTER NACHMITTAG

*Ich habe mich ein bisschen zurückgezogen, wie die anderen auch. Jeder verarbeitet auf seine Art. Mir sind über meine eigenen intensiven Gefühle ein paar objektive Eindrücke verloren gegangen. Die will ich aber nicht verschweigen.*

*Wir waren natürlich nicht die einzigen Besucher dieses Holocaust-Mahnmals. Und am Anfang hatte ich den Eindruck, es wäre ein etwas modernistischer Abenteuerspielplatz, der sich für Klassen- und Familienausflüge, zum Versteck- und Fangenspielen anböte. Lachende und kreischende Horden wälzten sich hindurch, von denen klar war, dass sie nicht den geringsten Bezug zu dem hatten, was die Erbauer die-*

*ser Anlage bewegte. Ich denke mir, dass zumindest die Schüler nach einem Besuch des Dokumentationszentrums begriffen haben, dass einem das Lachen zwischen diesen Betonblöcken eigentlich gefrieren müsste. Aber Trauer lässt sich nicht verordnen, schon gar nicht kollektiv. Und der Architekt dieses Stelenfeldes ist einfach noch viel zu gnädig mit den Besuchern umgegangen.*
*Er hätte ein wirkliches Labyrinth konstruieren müssen, eines, in dem man sich verlaufen kann, wo das Betreten ein echtes Risiko sein würde, weil man darin tatsächlich verloren gehen könnte. Wie die Juden im Deutschland der Nazidiktatur.*

Irgendwie schien der Tag gelaufen.

Als ich ins Wohnzimmer kam, war dort nur Kati, die mit angezogenen Beinen, die Knie umklammert, auf dem weißen Ledersofa kauerte. Wir saßen eine Weile schweigend zusammen und tranken warmen Tee.

Etwas, was in der ganzen Woche bisher nicht einmal vorgekommen war.

»Soll ich ein bisschen Musik machen?«, fragte ich schließlich vorsichtig.

Kati nickte. »Ja, mach doch, das bringt uns auf andere Gedanken.«

## **Berlin ist ...** ***wenn Musike drin ist!***

Markus hielt Siesta. Er war genau wie Tobi nach dem Duschen in sein Zimmer verschwunden.

Die hätten auch beide im Wohnzimmer sitzen bleiben und gemeinsam Musik aus Daddys gigantischer Sammlung mit uns hören können. Na ja, passte schon.

Vieles, was Kati und ich mochten, war ohnehin nicht ihre Stilrichtung.

Beim Stöbern in den CDs wurde mir bewusst, dass sich einem so eine Stadt wie Berlin ja auch über ihre Musik erschließen kann. Die verrät viel über das Lebensgefühl, das in ihr herrscht. Dads Sammlung bestand nämlich fast überwiegend aus Musik, die in Berlin entstanden war. Und sicher hatte er auch manches davon selber produziert. Neben alten Schallplatten hatte er viele sehr angesagte Leute in der Konserve. Ich war das Verzeichnis mal durchgegangen und konnte nur staunen, wer alles aus Berlin kam:

*Culcha Candela, Roger Cicero, Die Ärzte, Nena, Rosenstolz, Mrs Greenbird, Wir sind Helden, Rammstein* ... und klar ... *Aggro Berlin, Bushido* und *Sido*, aber die waren gar nicht meine Richtung.

Eher *Max Raabe* ... oh ja ... *Küssen kann man nicht alleine* ... und *MIA* ... hach, die Liste war einfach unendlich lang und vor allem unglaublich vielfältig. Was ja für eine lebendige und tolerante Musikszene in Berlin sprach.

*Man kann schon mit einigem Recht behaupten: Berlin ist Musik! Und zwar nicht nur Technomucke, für die es ja in der Nachwendezeit vor allem berühmt geworden ist. Berghain und so …*

*Es ist auch nicht nur Profi-Musik, denn zur Szene gehören auch die vielen lokalen Gruppen und Bands, die in den zahlreichen Klubs und Discos auftreten, die noch keinen Chart-Hit produziert haben. Wie zum Beispiel Mrs Greenbird, bevor sie bei The Voice of Germany gewannen.*

*Und ja, dann ist da auch noch die Straßenmusik, die gibt es sogar umsonst oder für einen kleinen Spendenbeitrag, je nachdem, was man geben will oder kann und wie es einem gefällt. Es schwingt vom Ku'damm in Mitte bis in den Kreuzberger oder Friedrichshainer Kiez und bis hinunter in die U-Bahn-Schächte. Das hat in Berlin Tradition.*

*Früher zogen Musikanten mit Drehorgeln, die hier Leierkästen genannt werden, durch die Hinterhöfe und man warf ihnen ein paar Pfennige oder Groschen in den Hof und die Kinder bettelten um Zugaben:*

*»Lieber Leierkastenmann, fang noch mal von vorne an …«*

*Heute begegnen einem die Straßenmusiker in Berlin an allen möglichen Ecken. Sie stehen in Hauseingängen, vor den Einkaufstempeln, in den Hinterhöfen, auf Plätzen, an Haltestellen und auf Brücken herum. Ihre Songs und Rhythmen folgen dir ein Stück und werden dann vorübergehend vom Straßenlärm verschluckt, bis eine neue Melodie übernimmt. Auch in den Abend-*

*stunden sind sie da, dann oft professioneller, mit Gitarre und Gesang … mit Jazztrompete, Fagott und Saxofon … mit Trommeln und Rasseln …. Panflöte oder Didgeridoo … Liedermacher, Jazzer, Folklore-Fraktion! Nein, das sieht nicht nach Betteln aus, sondern macht einfach nur gute Laune. Mir jedenfalls!*

*Man sollte dem unbekannten Berliner Straßenmusiker auch ein Denkmal setzen. Oder nein, besser nicht, weil man ja weiß, dass etwas, was in Stein gehauen und einmal betoniert ist, nicht mehr lebensfähig ist …*

*»Hol den Vorschlaghammer! Sie haben uns ein Denkmal gebaut, und jeder Vollidiot weiß, dass das die Liebe versaut …«*

*Die haben wohl recht, die »Helden«. Denkmäler gibt es fast schon zu viele in Berlin und meistens nur für Tote!*

*Sie haben ihre Berechtigung, aber sie haben mit dem wirklichen Leben dieser Stadt, Gott sei Dank, überwiegend nichts mehr zu tun!*

»Wollen wir noch ein bisschen bummeln?«, schlug ich am Abend vor. »Seht es doch mal so – das Gewitter hat die Luft gereinigt. Es war nötig, in jeder Hinsicht, aber jetzt ist es vorbei.«

Kati sprang sofort auf meinen Vorschlag an. Sie ist nicht oberflächlich, aber sie hat, glaube ich, einen sehr gesunden Schutzmechanismus für ihre Seele in sich, sie lässt Negatives längst nicht so nah an sich heran wie ich.

So war sie auch gleich wieder voll enthusiastisch.

»Die Musik hat mich richtig angetörnt«, meinte sie. »Vielleicht finden wir einen gemütlichen Biergarten am Wasser, wo wir noch ein bisschen abchillen können … und Hunger hab ich eigentlich auch.«

Ich musste lächeln. »Da hat Markus ganz bestimmt einen Tipp aus einem seiner Reiseführer.«

Hatte er und so machten wir uns ausgehfertig und schlenderten dann sehr gemächlich zur U-Bahn am Hansaplatz, von wo aus wir uns nach Kreuzberg auf den Weg machten. Da waren wir überhaupt noch nicht, und da dort besonders am Wochenende abends der Bär brummen sollte und wir überlegt hatten, ob wir nicht dort in meinen Geburtstag reinfeiern sollten, war eine kleine Erkundung der Gegend sicherlich nicht verkehrt.

Wir stiegen am Schlesischen Tor aus und schauten uns, nach einem spektakulären Blick über Berlin, die Oberbaumbrücke an.

**Berlin ist … *wenn es Brücken schlägt, über das Wasser und zwischen den Menschen***

*Die Oberbaumbrücke ist ein eindrucksvolles Bauwerk aus den gleichen roten Ziegeln wie das Rote Rathaus. Sie ist die längste Brücke Berlins und verbindet Kreuzberg und Friedrichshain, die jetzt einen gemeinsamen Bezirk bilden. Früher lag der eine Stadtteil im Osten, der andere im Westen und das Zusammenwachsen gilt hier als besonders schwierig.*

Markus hatte dazu aber Lustiges zu erzählen: »Traditionell gibt es einmal im Jahr eine Gemüseschlacht auf der Brücke zwischen Mannschaften aus beiden Stadtteilen.«

Ich grinste, denn das klang ziemlich steinzeitlich, nach Keulen schwingenden Urberlinern ... aber was sollte es ... die Spanier hatten ja auch ihre Tomatinas, bei denen sie sich mit Tomaten beballerten! Musste wohl irgendein Urinstinkt im Menschen sein. Aber besser mit Gemüse streiten als mit Waffen!

Die Nazis hatten die Brücke in den letzten Kriegstagen gesprengt, um den Vormarsch der Alliierten aufzuhalten. Vergebens und ein weiterer unnötiger barbarischer Akt. Wie schön, dass sie nun wiederaufgebaut war.

Wir beschlossen, spontan nach Friedrichshain hinüberzugehen und der East Side Gallery einen Besuch abzustatten. Da konnte man noch ein kilometerlanges originales Mauerteilstück besichtigen, das von über hundert Künstlern bemalt worden war. Inzwischen nagte nicht nur der Zahn der Zeit daran, sondern auch die Begehrlichkeit von Bauunternehmern, die hier lukrative Bauplätze am Spreeufer verscherbeln wollten.

Gegenwärtig versuchten Berliner Bürger, unterstützt von Künstlern wie David Hasselhoff, den Abriss zu verhindern. Hoffentlich haben sie Erfolg. Wenn dies nicht ein Stück Gegenwartskultur ist, das geschützt werden musste, was dann? So eine Open-Air-Galerie war doch einzigartig!

Gesichtslose, kalte und vor allem uninspirierte Neubauten gab es in der Stadt genug, die trugen nicht gerade zu einem kreativen Klima bei. Worüber sich ja auch die Medien inzwischen zunehmend aufregten.

Etwas frustriert gingen wir, nach einem Blick auf die beeindruckende blaue O2-Arena, zurück zur Oberbaumbrücke, die dagegen mit ihren Türmen und Türmchen wie die Kulisse aus einem Mittelalter-Fantasy-Film wirkte.

Auf dem kleinen Begrenzungsmäuerchen zwischen Fahrbahn und Radweg saßen viele Pärchen und schmusten in den Abend hinein. Über ihren Köpfen fuhr auf der oberen Ebene ratternd eine gelbe U-Bahn, was aber der romantischen Stimmung keinen Abbruch tat.

Wir benutzten den Fußgängerweg, der durch sein Kreuzganggewölbe wie ein Wandelgang in einem Klosterhof wirkte, und stiegen dann auf der Kreuzberger-Seite die Eisentreppe runter, bis wir am Ufer der Spree waren. Markus lotste uns an dem noblen Watergate-Club vorbei, der aber erst später öffnete und uns ohnehin nicht reinlassen würde. »Das Publikum ist mindestens Mitte zwanzig, und da der Club als sehr gehoben gilt, haben die garantiert keinen Bock auf Jugendliche«, meinte Markus. Schade, denn die Terrasse an der Spree sah sehr einladend aus und man würde beim Sonnenuntergang bestimmt einen wunderschönen Blick auf die Oberbaumbrücke mit ihren Türmen haben.

**Berlin ist ... *nachts kein Kindergarten!***

*Das ist in Berlin auf jeden Fall ein Hauptproblem für tanz- und discowütige Jugendliche. Die Nächte fangen hier erst so spät an, dass das Jugendschutzgesetz unerbittlich zuschlägt und unsereins aus den angesagten Locations verbannt. Die Erwachsenen wollen einfach unter sich sein und so macht es wenig Sinn, hier tolle Discos aufzuzählen, die für uns sowieso tabu sind. Selbst mit erwachsener Begleitung werden Jugendliche nicht gerne gesehen. Einfacher ist es da in den Kneipen und Biergärten, die Nacht durchzumachen. Oft gibt es dort sogar richtig gute Live-Mucke und DJ-Abende, auf jeden Fall aber angesagte Sounds aus den Boxen.*
*Wenn irgendjemand unter achtzehn absoluter Technofan ist, kann er sich das berühmte Berghain, die deutsche Wiege und Hochburg der Technowelle, natürlich mal ansehen – von außen!*

Die Gegend war ziemlich crowded, aber die meisten Leute bewegten sich in Richtung Oranienstraße/SO 36-Viertel oder pendelten über die Brücke zur Warschauer/Boxhagener Straße in Friedrichshain. Dort, so erklärte Markus uns, sollten die meisten Klubs und Discos des Bezirks sein.

»Wollen wir denn da nicht mal gucken?«, fragte ich. »Vielleicht ist doch was für meinen Geburtstag dabei?«

Markus zuckte mit den Schultern. »Auf dem Rückweg, würde ich vorschlagen. Jetzt ist da noch überall tote Hose.«

Tobi nickte, offenbar hatten die Jungs sich auch schon Gedanken gemacht. Okay, darüber konnten wir ja vielleicht gleich noch mal reden.

**Berlin ist ... *immer für Visionen gut!***

Wir bogen in eine Querstraße ein, die parallel zu einem Flutgraben der Spree verlief. Ziemlich an ihrem Ende lag bei einer riesigen Trauerweide wirklich idyllisch ein gut besuchter Biergarten. Auf den Holzterrassen hätte man sich glatt an den Rand setzen und de Beene in't Wasser baumeln lassen können.

»Bitte sehr«, sagte Markus und war stolz, als er unsere erfreuten Gesichter sah, »das ist der legendäre *Club der Visionäre!* Lasst uns was Kühles trinken und auch ein paar Visionen entwickeln.«

Und das taten wir dann auch. Wir setzten uns, trotz der Mücken, nahe ans Wasser und entspannten uns bei sanfter Beleuchtung und dezenter Musik.

Ein bunt gemischtes Völkchen hatte sich hier eingefunden, um den Tag zu beschließen und angeregt von den lebhaften Gesprächen an den Nebentischen entwickelten wir unsere ganz eigenen Vorstellungen von einer schönen, gerechten und glücklichen Welt.

»Die Liebe ist die wichtigste Triebkraft des Menschen«, sagte ich in Erinnerung an meine Gespräche mit Philippe in Paris. »Wenn wir einander lieben, dann können wir auch Großes vollbringen. Dann schaffen wir es auch, dass alle Menschen friedlich zusammenleben und ihr persönliches Glück finden.«

Markus sah mich bei diesen Worten erst ganz seltsam an, tauschte dann mit Kati den Platz und setzte sich neben mich. Als er seinen Arm um mich schlang, flüsterte er: »Mila, habe ich dir eigentlich schon mal gesagt, dass ich dich liebe?«

Ich musste grinsen. »Ja, hast du, schon öfter, und beim ersten Mal warst du gerade mit dem Kopf auf einen Stein gefallen ...«

»Stimmt, ich erinnere mich dunkel ... den Umständen entsprechend ... aber ich wusste immerhin, was ich sagte.«

»Jetzt auch?«, neckte ich ihn. »Oder doch schon ein bisschen angeschickert?«

Markus blieb in der Spur. »Dich würde ich selbst im Suff noch lieben!«

Äh, ja, das lassen wir dann mal so stehen ... das geht sonst in die Hose ... äh ... nein, bloß nicht!

Als sich die Sonne deutlich senkte, schlenderten wir bis zur Spree vor, und schauten zu, wie sie hinter der Oberbaumbrücke ganz prächtig versank. Das berühmte Badeschiff, ein umgebauter Frachtkahn mit Pool, Open-Air-Bar und Strand, lag ganz in der Nähe, und der ausgelassene Lärm von Planschenden hallte fröhlich zu uns herüber. Da schien ja der Bär baden zu gehen! Sollten wir in den nächsten Tagen vielleicht auch mal machen. Hörte sich lustig an. Meine Freunde nickten, coole Idee so was!

Bald verfärbte die Sonne den ganzen Horizont, tauchte den Fernsehturm und die Brücke in ein warmes orangerotes Licht und warf einen rötlichen Widerschein auf das Wasser, was etwas Magisches hatte. Wir saßen im Gras und jeder umarmte seinen Partner, hielt ihn fest und war sich sicher, ihn nie wieder loslassen zu können. Was für ein schöner, versöhnlicher Abschluss dieses aufwühlenden Tages, dachte ich.

Da küsste Markus mich plötzlich … erst sanft und zart und dann mit einem solchen Verlangen, wie ich es noch nie bei ihm gespürt hatte, und mir wurde so heiß, als würden wir zusammen mit der untergehenden Sonne verglühen.

*In dieser Nacht träumte ich von langen Reihen unschuldiger Menschen, die man in die Vernichtungslager getrieben hatte. Ich wusste davon, aber ich habe nie Bilder dazu im Kopf gehabt. Nun hatte ich sie und*

*das war selbst im Schlaf schwer zu ertragen, sodass ich aufwachte.*
*Ob Markus schlief? Auf nackten Füßen schlich ich zu seinem Zimmer rüber und legte mein Ohr lauschend an seine Tür. Eine Weile stand ich bewegungslos in der Stille.*
*Mondlicht fiel in Streifen in den Flur. Es war silbrig und kühl, und brachte mich wieder zu mir. Aber anstatt zurück in mein Zimmer zu gehen, schlüpfte ich zu Markus hinein, tastete mich in der Dunkelheit zu seinem Bett vor und legte mich zu ihm. Er schlief tief und ich lauschte auf seinen ruhigen Atem. Irgendwann drehte er sich herum und sein Kopf kam auf meiner Brust zu liegen. Da fühlte ich mich geborgen. Als er sich erneut bewegte und wieder wegdrehte, stand ich auf und ging ebenso leise, wie ich gekommen war.*
*Ich holte mir ein Glas Milch aus der Küche. Als ich sie trank, schmeckte sie bitter, und mir fielen Verse eines Gedichtes ein, über das wir in der Schule lange gesprochen hatten, da es zum Pflichtkanon gehörte.*
*Ich setzte mich an den Schreibtisch und öffnete mein Sudelbuch, um es aufzuschreiben. Es heißt* Todesfuge, *und endet mit den düsteren Worten:* Der Tod ist ein Meister aus Deutschland.
*Ich war schon immer davon berührt, finde aber nach dem heutigen Tag, dass man den Text ein wenig verändern sollte, … weil er so nicht mehr gilt, nicht für die Gegenwart, nicht für unsere Generation, nicht für mich und meine Freunde.*

*Es stimmt, der Tod **war** ein Meister aus Deutschland – aber wir werden verhindern, dass er es je wieder sein wird!*

# 5. TAG

## FREITAG – AM MORGEN

*Liebes Tagebuch,*
*jeder Tag in Berlin ist anders. Hat dich gestern die dunkle Seite dieser Stadt niedergedrückt, lässt sie heute wieder die Sonne für dich scheinen. Und weil der Berliner das weiß, wirft ihn so schnell nichts um.*
*Berlin ist einfach fantastisch und ich finde, dass es Paris in puncto Stadt der Liebe durchaus das Spreewasser reichen kann. Markus und ich sind jedenfalls verliebter als je zuvor. Berlin scheint wie ein Jungbrunnen für eine alte Liebe zu sein! Es fühlt sich einerseits alles vertraut und gleichzeitig total frisch an. Diese Küsse gestern beim Sonnenuntergang … Ist ja nicht so, als hätten wir noch nie dabei geknutscht … aber die waren so anders … irgendwie reifer … da war so eine andere Nähe … die war umfassender … fordernder … Philipp hatte von der leidenschaftlichen Liebe gesprochen und mir war klar gewesen, dass die anders ist als die Zärtlichkeit, die ich bisher für Markus empfunden habe. Und ich hatte mich gefragt, wo die hinführt? Das frage ich mich nun auch wieder.*

*Wohin führt sie Markus und mich? Gewinnen wir etwas Wertvolles hinzu oder verlieren wir etwas von dem bisherigen Glück und der Sicherheit in unserer Beziehung? Ich glaube, ich kann da optimistisch sein. Wenn es so »verliebt in Berlin« weitergeht, dann ist das Happy End doch eigentlich schon vorprogrammiert! Aber selbst in dieser Stadt leistet sich das Glück recht seltsame Umwege. Nehmen wir mal Kati und Tobi.*

**Berlin ist …** ***wenn das Frühstück schon aus dem Magen rauskommt, bevor es reingegangen ist***

Zum Morgenrot hörte ich von Ferne aus dem Flur ein ziemlich merkwürdiges Geräusch. Hm? Obwohl ich ja sehr schlecht geschlafen hatte, war ich noch frau genug, um den immer gruseliger klingenden Lauten nachzuspüren.

Ich stieg mit weichen Knien aus dem Bett und schlurfte unsicheren Schrittes zur Tür. Oha, es kam, leicht zu lokalisieren, aus Richtung der Sani-Räume.

Schlagartig war mir klar, was da abging … jede Menge Mageninhalt. Da kotzte jemand, aber wer?

Hm, wer immer es war, vielleicht sollte ich ihm Hilfe anbieten? Oder ihn doch besser in Ruhe weiter seine Seele aus dem Leib reihern lassen? Den Tribut musste man schon selber zahlen.

*Kreuzberger Nächte sind lang … Kreuzberger Nächte sind lang … erst fang se janz langsam an … aber dann, aber dann …*

Tja, dann geht es ans Eingemachte … sag ich mal so in beschönigender Umschreibung.

Als gute Gastgeberin entschloss ich mich, vorsichtshalber doch mal nachzusehen. Es klang inzwischen nämlich wirklich, als ob da jemand ableben würde. Hilfe, Notarzt! Ich musste plötzlich an Mallorca denken und wie es da die Jüngsten in unserer Gruppe voll umgehauen hatte. Hm, eigentlich konnte es sich hier nur um Tobi handeln, der hatte gestern ganz gut einen im Tee. Viele Kerle können einfach noch nicht abschätzen, was der Alk mit ihnen macht. Sonst würden sie das Zeug nicht so hemmungslos in sich reinschütten.

Vielleicht sollte ich mal bei Kati klopfen? Die war ja schließlich irgendwie für ihn verantwortlich.

Gedacht – getan!

Hm, da war ich wohl zu dezent, denn nichts rührte sich. Ich drückte vorsichtig die Klinke runter und schob die Tür leise auf.

Die Vorhänge waren zugezogen und es roch etwas muffig. Auf dem französischen Bett lag eine zusammengekrümmte Gestalt, die aussah wie ein Embryo im Mutterleib. Sogar den Daumen hatte sie im Mund! Kicher! Ich brachte es fast gar nicht übers Herz, Kati aus diesem seligen Schlummer zu wecken.

Aber Tobi war ihr Freund, also war es ihre verdammte Pflicht, sich um ihn zu kümmern.

»Kati? Hey, Kati … bist du wach?«, säuselte ich

ihr so rücksichtsvoll wie möglich ins Ohr und hielt mich dabei gleich selber für schwachsinnig. Sah ja wohl jeder, dass sie es nicht war. Also zweiter Versuch: »Kati? Könntest du mal aufwachen?«

Na ja … ich musste halt nie jemanden wecken, da fehlte mir echt die Praxis. Mir kam eine Idee – wozu gab es professionelle Tools für so was? Ich stellte auf meinem Handy den Wecker ein und hielt es ihr ans Ohr. Das sollte doch wohl wirken. Tat es, und wie!

Beim ersten Ton schoss Kati wild um sich schlagend mit dem Oberkörper steil im Bett hoch. Sie starrte mich einen Moment mit megaweit aufgerissenen Augen sprachlos an und fluchte dann: »Geht's noch? Hast du einen Schaden?! Was soll der Shit?!«

Oha, so kannte ich Kati ja gar nicht. Normalerweise hatte sie einen gepflegteren Umgangston.

»Äh … ein … äh … Notfall«, stammelte ich mit schlechtem Gewissen. »Dein … äh … Freund … kotzt … äh … scheint einen … äh … Brechreiz zu haben …«

Sie blieb angesäuert. Hm, das ist vielleicht jetzt nicht das passende Wort. Oder doch? Egal! Sie ließ sich wieder auf das Bett fallen und knurrte: »Na und? Was habe ich damit zu tun? Bin ich sein Homi?«

»Er ist dein Freund … vielleicht braucht er Hilfe?«

»Das glaube ich kaum. Der hat lediglich einen

schwachen Magen, der verträgt nix, weil er so dünn ist, außerdem ist er ein absolutes Sensibelchen.« Sie drehte sich auf die Seite und fiel zurück in die Embryonalstellung. »Aber das kriegt er schon alleine in den Griff.«

Das klang richtig brutal, so als ginge ihr Tobi am verlängerten Rückgrat vorbei.

»Du … äh … bist nicht ein bisschen herzlos?«

»Ach Quatsch! Was hat sein verkorkster Magen mit meinem Herzen zu tun? Dramatisier doch nicht immer alles, Mila! Jungs sind so. Wenn die nicht am nächsten Morgen sterben, dann war die Party am Abend vorher nicht cool.«

Okay, das kannte ich von Markus so zwar nicht, aber Tobi war ihr Freund. Das musste sie also am besten wissen.

»Dann soll ich ihm nicht irgendwie helfen?«

»OMG, nein! Mach es bloß nicht noch peinlicher für ihn. Der würde sich doch garantiert auch so schon am liebsten gleich selber im Klo mit runterspülen.«

Na, wenn sie meinte. Klang ja recht drastisch.

Kati wälzte sich noch einmal rum und sah mich missmutig an.

»Nee, im Ernst, Mila, lass ihn einfach in Ruhe … der überlebt das.«

»Schön zu wissen, auch wenn es sich ganz anders angehört hat.«

Kati kicherte. »Trau nie deinen Ohren und glaub nichts, was du nicht selbst gesehen hast!«

Sie war nur mit Unterwäsche bekleidet und hatte in der Nacht Strickjacke und Kleid einfach von sich geworfen. Ich hatte es wenigstens noch in meinen Pyjama geschafft. Jetzt fühlte ich mich im Bademantel neben ihr direkt etwas overdressed. Aber gut, sie lag im Bett und ich war im Rettungseinsatz. Egal was sie meinte, ich würde doch mal eben bei Tobi vorbeischauen. Das hielt ich einfach für meine Gastgeberpflicht.

Der lief mir aber bereits im Flur käsebleich über den Weg, murmelte mit kratziger Stimme ein »Moin, schon so früh auf den Beinen?« und stolperte dann in seine Butze davon.

In der Toilette stank es säuerlich, aber es war alles sauber. Braver Junge, dachte ich, darfst gerne mal wieder hier spucken!

*Jetzt sitze ich also ein wenig erschöpft in meinem Zimmer an dem kleinen Schreibtisch und schaue nachdenklich über die Dachterrasse und die Dächer Berlins zum fernen Horizont.*
*Die Luft flirrt vor meinen Augen, es ist heiß wie auf Mallorca. Das Meer dort fehlt mir hier und ich überlege, ob ich mal kurz zur Spree runtergehen soll, um wenigstens etwas Wasser zu sehen. Ich könnte gleich Schrippen mitbringen, so nennt der Berliner seine länglichen Brötchen.*
*Wasser gibt es ja in Berlin und Umgebung eigentlich reichlich. Wir könnten zum Wannsee fahren und baden … oder zum Nikolassee … oder … zum Müg-*

*gelsee … einem der vielen Gewässer, mit denen die Hauptstadt verwöhnt ist. Wir würden sicherlich was Passendes finden.*
*Ich öffne das Fenster, schließe es aber gleich wieder, als mir die warme Luft entgegenschlägt. Dann lieber Klimaanlage!*
*Es ist wirklich schon wieder unglaublich heiß und dabei hatte ich gedacht, dass das Gewitter Abkühlung bringen würde. Heute hat bestimmt niemand Bock, sich noch mal in die staubigen, schwülen Straßenschluchten zu werfen.*
*Vielleicht sollten wir tatsächlich einfach baden gehen? Ich werde es mal vorschlagen. Wäre doch super.*

**Berlin ist …** ***wenn die Ostsee im Grunewald liegt***

Okay, die Entscheidung ist nach lauwarmer Diskussion auf den Wannsee gefallen.

*Pack die Badehose ein … und dann nischt wie raus zum Wannsee …*

Wir packten unsere Badeklamotten ein, bereiteten rasch Lunchpakete vor und stellten auch Getränke zum Mitnehmen bereit. Ich freute mich total, denn Baden macht in der Gruppe natürlich besonders Spaß.

Markus, dem man die letzte Nacht so gut wie gar nicht ansah, saß lässig in einen Sessel geflätzt da und versprengte mal wieder Bildungsgut über die unwissende Herde.

»Der Wannsee, das bekannteste Gewässer Berlins, hat mehr Badestellen als Berlin Seen hat, also so an die siebzig – mindestens. Er ist darum auch besonders an den Wochenenden fett überlaufen und es geht zu wie am Ballermann. Aber er hat ein geniales Strandbad, mit kilometerlangem Sandstrand, Strandkörben und das sauberste Wasser, das man sich denken kann. Was übrigens für fast alle Berliner Seen gilt.«

Also los!

Die Anreise klappte mit der S-Bahn ganz prima und man musste bis zum Strandbad nur noch ein kleines Stück zu Fuß gehen. Natürlich waren die Strandkörbe alle belegt, und weil Ferien waren, tummelten sich hier jede Menge Kinder, die laut quiekend ins flache Wasser hineinliefen oder sich lustige Wasserschlachten lieferten. Wir wanderten ein Stück den langen Sandstrand entlang, bis wir ein etwas weniger überfülltes Strandstück fanden, an dem wir unsere Handtücher ausbreiteten. Kati und Tobi rissen sich sofort die Klamotten vom Leib und stürzten sich ins Wasser, während Markus und ich uns Zeit ließen. Wir bewachten die Sachen und schauten dabei dem bunten Treiben im und auf dem Wasser zu, wo viele Segelboote kreuzten.

Als Kati und Tobi ausgepowert zurückkamen, wateten Markus und ich ins Wasser. Auch an dieser Stelle war der See sehr flach und man konnte weit hineinlaufen. Endlich war er tief genug zum Schwimmen.

Das Wasser war ziemlich warm, aber einige Grade kühler als die Luft und somit doch erfrischend. Was für eine prima Idee, heute hierher zu fahren! Da wir nicht ins Fahrwasser der Segelboote geraten wollten, schwammen wir ein gutes Stück nebeneinander am Strand entlang, bis wir zu einer kleinen Nase im Ufer kamen. Dort gingen wir an Land, setzten uns in den Sand und schauten hinaus auf den See, der ja eigentlich nur eine Verbreiterung der Havel ist. Am gegenüberliegenden Ufer ragte eine kleine Halbinsel ins Wasser, auf der eine einzelne Villa stand.

»Die hat aber eine exklusive Lage«, sagte ich. »Wer da wohl wohnt? Bestimmt ein Multimillionär.«

Markus schüttelte den Kopf. »Nee, ich glaube, das ist das Haus der Wannseekonferenz. Das ist heute eine Gedenkstätte.«

»Wannseekonferenz?« Das sagte mir jetzt so spontan nichts.

Markus schwieg.

»Willst du mir nicht erklären, was das für eine Konferenz war? Wenn die schon extra dafür eine Gedenkstätte einrichten?«

»Ach, das willst du doch heute sicher nicht hören«, sagte er und wirkte dabei unbehaglich. »Es ist wieder was aus dem dunklen Kapitel unserer Geschichte.«

»Dann hättest du es gar nicht erst anschneiden sollen.« Ich blieb jetzt aber beharrlich. »Ich will es wissen.«

»Hier wurde 1942 die Vernichtung aller europäischer Juden beschlossen. Du hast ja sicher schon von dieser sogenannten ›Endlösung‹ gehört.«

Ich nickte. Schweigend kuschelte ich mich an ihn. So saßen wir eine Weile, sahen vorne den Badenden zu und verstanden eigentlich nicht, dass in einer so schönen Villa, an einem so idyllischen Ort solche unmenschlichen Beschlüsse hatten gefasst werden können.

Markus hatte seinen Arm um mich gelegt. »Alles in Ordnung mit dir?«, fragte er nach recht langem Schweigen.

Ich nickte. »Ja, ja, alles okay ... alles gut so.«

Er sah mich skeptisch an. »Du sagst es mir aber, wenn du noch ein Problem damit hast?«

»Ja, danke, aber es ist wirklich alles in Ordnung, ich finde es gut, dass du darüber gesprochen hast.« Und um meinen Worten Nachdruck zu verleihen, drückte ich ihm einen Kuss auf die Wange. »Ich bin so froh, dass es dich gibt und dass die Sonne scheint und die Menschen hier so fröhlich sein können.«

Er schaute etwas erstaunt auf, grinste dann und meinte: »So sollte es immer bleiben, nicht wahr?« Und um auch mich wieder fröhlich zu machen, zog er mich noch enger in seine Arme. Hach, ich liebte ihn!

Wir schwammen zurück zu Tobi und Kati, tranken Limonade, verspeisten unser Picknick und verbrachten noch einen unbeschwerten Strandtag mit ihnen. Diesmal schmökerte ich im Reiseführer und entdeckte darin einen Tipp für einen Ausflug mit der Fähre zur Pfaueninsel.

»Habt ihr Lust, da noch hinzufahren? Bis acht Uhr ist im Sommer offen. Die Fähre kostet nur 2,50 Euro.«

Alle waren gleich Feuer und Flamme. So eine kleine Bootsfahrt war doch ein toller Abschluss dieses Tages am Wasser.

**Berlin ist ... *wenn du dir eine (Pfauen-)Feder an den Hut stecken kannst!***

Wir erreichten den Fähranleger relativ bequem mit dem Bus 218, der dann auch wieder zurück bis zur S-Bahn-Haltestelle Wannsee fuhr. Die Insel war im Sommer bis 20 Uhr geöffnet und die Überfahrt wirklich ihr Geld wert. Der leichte Fahrtwind wirkte an diesem heißen Tag herrlich erfrischend und der Blick über die breite Havel tat dem Auge gut. Wieder einmal wunderte ich mich über die Ruhe und Idylle, die einen hier plötzlich umgab. Berlin hat wirklich viele traumhaft-romantische Ecken, die man echt mal intensiver erkunden müsste.

Ich lehnte mit Markus an der Reling und hatte das wohl unbewusst ausgesprochen, denn er legte seinen Arm um mich und meinte liebevoll: »Was hindert uns daran, das zu tun? Berlin ist doch nicht aus der Welt. Jetzt, wo wir es ein bisschen besser kennengelernt haben, können wir doch öfter mal herkommen.«

Ich strahlte ihn glücklich an. »Das würdest du tun?«

»Klar, warum nicht?« Er grinste ein wenig frech. »Wo dein Vater doch so schöne Gästezimmer hat!«

Ich stieß ihm meinen Ellbogen in die Rippen. »Du Schmarotzer!« Aber er nahm das natürlich nicht ernst und erstickte weitere Beschimpfungen durch einen innigen Kuss. Ich war mir sicher, dass mein Dad sich sehr freuen würde, wenn wir ab und zu seine Gäste wären oder mal wieder sein Penthouse hüteten, zum Beispiel wenn er mit meiner Mam eine Reise unternahm.

»Ich wette, Dad gibt uns ein Dauerabo für sein Penthouse – vorausgesetzt, wir hinterlassen es jetzt auch ordentlich.«

»Na, das ist doch wohl Ehrensache!«, meinte Markus und versprach, beim Aufräumen tüchtig mit anzupacken. Was ich mit einem fetten Schmatzer belohnte. Im selben Augenblick stieß die Fähre etwas unsanft an den Anleger und ich krachte ihm voll in die Arme. Beherzt griff er zu und ich dachte wieder einmal, was für eine sichere und zupackende Art der Junge doch hatte. Wirklich ein Freund ganz nach meinem Geschmack!

Ich war dann doch ziemlich überrascht. Besonders von den hohen alten Bäumen auf der Insel, die hätte ich hier nicht vermutet. Die ganze Insel war ein wunderbarer Landschaftspark, in dem man im Schatten unzähliger knorriger Eichen herumspazieren konnte. Und immer wieder öffneten sich zwischen Bäumen und Sträuchern Lichtungen, die einen tollen Blick auf die Havel erlaubten.

Friedrich Wilhelm II. hatte die Insel gekauft, um ein weißes romantisches Schloss darauf zu errichten, mit zahlreichen Türmen und Türmchen, die durch erstaunliche Brückenkonstruktionen verbunden sind. Ein bisschen hatte es den Stil einer Burgruine, fand ich, aber Kati war total hin und weg, als sie dieses Märchenschloss sah.

Die überall frei herumlaufenden Pfauen allerdings nervten ein wenig, obwohl sie ja der Insel ihren Namen gegeben hatten. Es sah zwar wunderschön aus, wenn sie ihr Rad mit den schillernden Schwanzfedern schlugen, aber die Viecher waren zum Teil reichlich zudringlich und ihre Schnäbel wirkten nicht wirklich sympathisch, wenn sie nach einem hackten. Kati hatte es ihnen besonders angetan, wohl weil sie ein blau-grünes Kleid trug und von ihnen für eine Artgenossin gehalten wurde. Sie war darum doch recht froh, als wir mit einer der letzten Fähren die Insel wieder verließen. Aber sie hatte eine Trophäe mitgenommen: eine wunderschöne Schwanzfeder mit einem schillernden Pfauenauge. Ein echter Glücksfund!

»Die kannst du dir an den Hut stecken«, meinte ich lachend.

»Dann müsste ich erst mal einen haben.«

»Der findet sich, spätestens am Sonntag, wenn

wir den Flohmarkt am Mauerpark unsicher machen.«

Ich sollte recht behalten.

Wir brachten unsere Badesachen ins Penthouse, duschten ausgiebig und trafen uns dann bei einer Limo auf der Dachterrasse wieder.

Obwohl wir schon jetzt eigentlich die richtige Bettschwere hatten, schlug ich vor, den angebrochenen Abend zu nutzen, um endlich zu den Hackeschen Höfen zu fahren.

Viel rumlaufen wollten wir alle nicht mehr, aber dort noch gemütlich bei einem frischen, kühlen Getränk zu schwatzen und eine Kleinigkeit zu essen, darauf hatte ich total Bock. Den anderen ging es genauso und so war schnell Einigkeit erzielt.

Wir machten uns also ausgehfähig, wobei Kati gleich einsichtig genug war, Espadrilles statt High Heels zu wählen. Ich zog eine dünne Dreiviertel-Jeans an und ein leichtes buntes T-Shirt von *Desigual*, das ich mir auf Mallorca gekauft hatte. Mit kräftigen Bürstenstrichen fuhr ich mir durch die Haare und legte ein bisschen Lidschatten auf. Der machte meine Augen immer so geheimnisvoll. Markus mochte das.

Markus hatte ein kurzärmeliges Hemd angezogen, das ihm ausgesprochen gut stand. Seine Arme waren schon richtig braun, während Tobi sich offenbar einen leichten Sonnenbrand geholt hatte. Der war aber auch empfindlich. Na ja, bei seiner blassen Haut. Kati ging es nicht viel besser. Da hatten Markus und ich einfach Glück.

Unterwegs kam mir die Idee, den Taxifahrer in die Schönhauser Allee zu schicken, wo ich ihn in der Nähe von Konnopke's Imbiss halten ließ.

Meine Freunde waren erst etwas verwirrt, aber als ich sie lachend zu dem Imbissstand unter den S-Bahn-Bögen lotste, freuten sie sich riesig.

»Ich hatte einfach ganz plötzlich einen fürchterlichen Jap auf eine dieser Kult-Currywürste«, sagte ich. »Das muss jetzt noch sein!« Meine Freunde stimmten mir sofort begeistert zu, und wenig später hielt jeder seine Pappschale mit der klein geschnittenen Wurst und einer dicklichen roten Soße mit viel Currypulver in der Hand und schlemmte selig.

*Zu Currywürsten habe ich ja ein ganz besonderes Verhältnis ... nicht nur als Jungautorin ... Ich esse die auch richtig gerne ... die von der Sansibar auf Sylt im Air-Berlin-Flieger oder die bei Oma am Büdchen an der Ecke im Ruhrpott.*
*Übrigens gibt es in Berlin sogar ein Currywurst-Museum, denn die Currywurst soll ja tatsächlich hier erfunden worden sein. Hab vergessen, wie die Dame vom Grill hieß, die auf die Idee kam, Ketchup und Curry über eine heiße Wurst zu kippen ... Kann aber was dran sein, an dieser Legende, es wäre echt nicht untypisch für Berlin ... Der Berliner verbrennt sich*

*nun mal gerne die Schnauze, warum dann nicht auch an einer extrascharfen Currysoße!*

Für den Rest des Tages schlugen wir unser Zelt dann wirklich in den Hackeschen Höfen auf.

Diese legendäre Ansammlung von acht ineinander übergehenden Höfen- bzw. Hinterhöfen ist nicht nur typische Berliner Architektur des beginnenden 20. Jahrhunderts, sondern auch ein anregendes Labyrinth mit hohem Freizeitwert. Kinos, kleine Boutiquen, Werkstätten, Galerien, unterschiedliche Lokale und Kneipen mit Freisitzen in den schattigen Innenhöfen bieten für jeden etwas.

Während im vorderen Teil besonders die wunderschöne weiß-blaue Klinkerfassade im Jugendstil alles dominiert und Architektur-Fans begeistert, sind andere Höfe weniger edel als gemütlich oder urig. Shabby Chic lädt zum entspannten Klönen an den rohen Holztischen von Biergartengarnituren ein.

In den ersten Jahren nach der Wiedervereinigung saniert, wurden die Höfe bald ein Anziehungspunkt für die Bewohner des Prenzlauer Bergs und viele Touristen und waren ständig überlaufen. Der Szenetreff schlechthin. Kein aktueller Berlin-Roman, wo nicht mindestens eine Episode dort spielte. Heute ist es angenehmer, denn die Leute haben gemerkt, dass auch andere Stadtteile etwas zu bieten haben, und besonders Kreuzberg und Friedrichshain sind nun ebenfalls »in«.

Wir ließen uns in einem der hinteren Höfe an einem schattigen Tisch im Freien nieder, bestellten Buletten und Berliner Weiße mit Schuss und relaxten. Das Schwimmen hatte uns richtig müde, aber auch hungrig gemacht.

»Das war so toll, Mila«, lobte Kati noch mal meine Idee, auf die Pfaueninsel überzusetzen. »Richtig romantisch!«

Dabei schaute sie total verliebt zu Tobi rüber, der aber schlürfte gelassen seine Weiße und stopfte die dritte Bulette in sich rein. Mit vollem Mund grunzte er zufrieden: »Absolut coole Location, hier.«

OMG!

Markus beugte sich zu mir rüber und meinte flüsternd und leicht ironisch: »Kati hat wohl im Moment schlechte Karten. Allerdings, wenn sie eine Bulette wäre, dann würde er sie bestimmt ebenfalls verschlingen.«

Ich musste lachen. »Und du? Wie sieht es mit deinem Hunger aus?«

»Bärenhaft«, meinte er grinsend und drückte sich noch näher an mich. »Komm, lass dich mal anknabbern!«

Nichts lieber als das!

# 6. TAG

## SAMSTAG – AM VORMITTAG

**Berlin ist ... *wenn du dich nicht entscheiden kannst, weil hier (fast) alles möglich ist!***

*Liebes Tagebuch!*
*Heute kommt Hanna mit Gerard aus Potsdam. Der büffelt da für ein Zwischenexamen und Hanna hört ihn ab. Muss schrecklich sein, Hunderte von Paragrafen auswendig zu lernen. Er hat sich, nur weil ich Geburtstag habe, mal von seinen Büchern loseisen lassen.*
*Natürlich müssen die beiden darum auch was geboten kriegen. Wenn ich an Paris denke, dann wird mir ganz schwummerig. Wie sollen wir hier was Vergleichbares finden? Nein, ich will die Disco- und Klubszene der Hauptstadt nicht kritisieren, die ist, wie es scheint, mindestens so cool wie die in Paris, wenn nicht sogar besser. Aber in Paris hatten wir mit Gerard und Philippe zwei erwachsene Begleiter, und so waren wir überall reingekommen und durften sogar bis nach 24 Uhr bleiben. Hier konnten wir nur versuchen, bis Mit-*

*ternacht irgendwo zu landen, wo man es nicht so genau nahm. Wie gesagt, viele Klubs oder Discos lassen einen gar nicht erst rein, um das erwachsene Publikum vor den Exzessen der »Jungspunde« zu schützen. Die benehmen sich leider viel zu oft daneben. Ehrlich gesagt hatte ich selber auch keine Lust, mit meinen Freunden in eine Teenie-Disco zu gehen. Schon gar nicht, um dort in meinen Geburtstag reinzufeiern. Das ist irgendwie hier in Berlin unter meiner Würde.*

»Was machen wir also?«, fragte ich Markus, der in seinem Buch mit den ultimativen Tipps blätterte, während ich am Laptop saß und einige Tipps im Netz auf ihren Wahrheitsgehalt überprüfte.

»Das *White Trash* können wir knicken«, sagte ich. »Das liest sich eher horrormäßig. Hier steht, die Inneneinrichtung gleicht einer explodierten Pekingente!« Oha!

»Lass uns auf Gerard und Hanna warten«, schlug ich schließlich resignierend vor, »vielleicht haben die einen guten Tipp!«

Und so machten wir es. Hanna und Gerard kamen mit dem Auto und waren hellauf begeistert von dem Penthouse.

»Echter Fünf-Sterne-Luxus«, schwärmte Hanna, und als ich Gerards zufriedenes Gesicht beim Anblick der Liegen auf der Dachterrasse sah, freute ich mich, dass ich mich so mal ein bisschen für die tolle Gastfreundschaft, die ich bei seiner Familie in Paris erfahren hatte, bedanken konnte.

Ich hatte mit Kati einen kleinen Imbiss aus diversen Tapas zubereitet, und so machten wir es uns erst einmal auf der Terrasse gemütlich.

Gerard kannte sich in Berlin auch etwas aus und da Hanna ihn oft am Wochenende besuchte, waren die beiden zusammen schon mehrmals hier gewesen. Was ich sehr praktisch fand, denn sicher hatten sie ein bisschen Insiderwissen über die hiesige Partyszene. Das konnte nur nützlich sein für heute Abend.

»Außerdem musst du uns den Weg in die Discos frei machen«, verlangte ich also auch gleich von Gerard. »Als einziger Erwachsener bist du unsere Aufsichtsperson!« Kati und Hanna kicherten.

Für uns Mädels war natürlich klar, dass jetzt erst mal Shoppen angesagt war. Kati hatte nun schon lange genug darauf gewartet, sich in den Berliner Boutiquen auszutoben. Aber es musste nicht unbedingt der Ku'damm sein.

»Lasst uns doch gleich zur Friedrichstraße fahren«, schlug ich vor und war gespannt, wie unsere Galerie Lafayette bei Gerard abschneiden würde. Aber der hatte genauso wenig Bock aufs Shoppen wie die anderen Jungs und kannte natürlich die Galerie Lafayette längst.

Wir überließen die Jungs darum ihren eigenen Plänen, die tatsächlich eher in Richtung Sony Center und Steakhouse gingen, und verabredeten uns mit ihnen am Nachmittag auf dem Gendarmenmarkt. Der ja angeblich Berlins schönster Platz sein sollte, und wo Gerard endlich mal den Französischen Dom ansehen wollte.

Damit war der Weg frei für einen richtig entspannten Einkaufsbummel unter Freundinnen. Kati schien diesen Tag wirklich herbeigesehnt zu haben, denn sie tanzte förmlich zur U-Bahn-Haltestelle und trällerte auch noch – nicht schön, aber falsch – Berliner Gassenhauer dazu. Hätte ich sie doch nur nie in Dads Musikarchiv stöbern lassen.

Wenigstens hörte sie dann beim Einsteigen in die U-Bahn damit auf, da musste sie sich darauf konzentrieren, mit ihren High Heels nicht auf die Nase zu purzeln. Ich fragte mich eh, wie sie darauf die Shoppingtour überstehen wollte.

»High Heels formen schöne Waden und führen zu einer aufrechten Haltung beim Gehen«, war ihre Überzeugung. Na ja, wenn sie meinte …

Ich fand hohe Absätze auch sehr schick, aber doch eher nur für besondere Gelegenheiten.

So eine besondere Gelegenheit war in Katis Augen die heutige Partynacht mit dem Reinfeiern in meinen Geburtstag, und deswegen hatte sie sich eine ganz besondere Überraschung für mich ausgedacht. Aber davon später mehr.

*Wer das KaDeWe kennt, wird von der Galerie Lafayette vielleicht enttäuscht sein. Ich war es zumindest, denn ich kannte zudem ja auch noch das Pariser »Mutterhaus«. Das hatte mich echt geflasht und da-*

*mit kann dieser kleine Ableger an der Friedrichstraße nun wirklich nicht mithalten, auch wenn er sich alle Mühe gibt, Pariser Flair und Modernität zu vereinen. Ich finde ihn eindeutig überbewertet.*
*Angucken, besonders an einem Regentag, macht aber Spaß, und wer mal etwas andere Klamotten sucht, als sie die Flagship-Stores der gängigen Modeketten an der Tauentzienstraße und am Ku'damm anbieten, der findet hier sicher was. Ist allerdings nicht billig. Weswegen hier auch deutlich weniger Jugendliche rumlaufen. Aber man soll nicht glauben, dass man in den anderen Boutiquen der Gegend oder den Einkaufspassagen, mit denen das Lafayette unterirdisch verbunden ist, günstiger einkaufen kann. Nee, ist nicht! Aber was soll's, die Friedrichstraße gilt nun mal als die »neue Mitte« Berlins und die Gegend dünstet in der Tat ein Flair von Eleganz und Wohlhabenheit aus, ist aber nur was für Leute mit gut gefülltem Portemonnaie. Meine Meinung.*

**Berlin ist ... *nicht nur »arm, aber sexy«, sondern auch teuer!***

Wir kamen von der Friedrichstraße in das Lafayette rein und mussten uns erst mal an den Luxushandtaschen vorbei ins Zentrum drängeln. Da erwartete uns ein riesiger glänzender und schimmernder Glastrichter, in dessen Mitte eine ziemlich beachtliche stahlgraue Nachbildung des Eiffelturms stand. Typisch französischer Patriotismus, würde ich sagen. Es heißt ja, der Franzose hätte im Ausland immer einen kleinen Eiffelturm im Gepäck. Bei Kaufhausfilialen fällt der dann offenbar auch schon mal ein bisschen größer aus. Egal, ich mochte ihn, weil ich ja auch Paris und die Franzosen mochte und einen von denen ganz besonders ... äh ... das lassen wir jetzt aber besser.

Wir traten an die Brüstung des Trichters und schauten in ein bonbonfarben illuminiertes Loch. Ist ja bei Trichtern nicht ungewöhnlich, ein Loch. Hier allerdings befand sich unten eine Bodenplatte oder so was Ähnliches, auf der jede Menge Kleingeld lag. Das war nun aber gar nicht stylisch. Ich wollte schon über diesen dummen Einfall lästern, als mir bewusst wurde, dass dies wohl eher ein von den Besuchern geschaffenes Spontankunstwerk war. Hanna sagte nämlich verwundert: »Äh, ist das hier ein Wünschelbrunnen?«

Ich schaute sie perplex an. »Nicht wirklich?!«

Und Kati meinte kichernd: »Die spinnen doch, die Touristen!«

Womit sie zweifellos recht hatte ... äh ... nun ja ... Ganz plötzlich hatte jede von uns nämlich eine Cent-Münze in der Hand, und nachdem wir wortlos Blicke gewechselt hatten, ließen wir die ganz unauffällig in den Trichter gleiten.

»Wegen Paris«, sagte ich und war mir meines peinlichen Verhaltens durchaus bewusst. »Ich würde zu gerne einmal wieder dorthin.« Und ich konnte nicht verhindern, dass ich bei diesen Worten den Wind spürte, der auf dem Eiffelturm geweht hatte, und den beschützenden Arm, den Philippe so fürsorglich um mich gelegt hatte …

»Denkst du noch manchmal an ihn?«, fragte Hanna leise.

Aber da trat Kati näher und verlangte, dass ich nun unbedingt mein Geburtstagsgeschenk aussuchen müsste.

Es ersparte mir die Antwort und das war gut so.

»Was für ein Geburtstagsgeschenk?«, fragte ich natürlich neugierig.

»Warte es ab«, sagte sie, griff nach meiner Hand und zog mich mit sich. Wir landeten gleich in der nächstgelegenen Schuhabteilung. Wow, die war aber mal prächtig, so edel hatte ich Schuhe bisher selten präsentiert gesehen! Was heißt überhaupt *Schuhe* – der Ausdruck war für diese Luxustreter viel zu profan: *Schuhkunstwerke* hätte es besser getroffen. Allein die neue Farbigkeit war hinreißend und die Absätze waren einfach das Nonplusultra kreativen Designs.

»Willst du dir neue Schuhe kaufen?«, fragte ich Kati.

Sie schüttelte den Kopf.

»Und was sollen wir dann hier?«

Sie grinste. »Schuhe kaufen natürlich – für *dich!*«

»Wie, für *mich?*«

»Es ist das Geburtstagsgeschenk von mir und Tobi. Du darfst dir hier ein paar High Heels aussuchen. Tobis und meine Eltern haben uns extra etwas mehr Geld für dein Geburtstagsgeschenk gegeben, um sich damit für die Einladung an uns zu revanchieren. Und da haben Tobi und ich entschieden, dass du dir für deinen Geburtstag ein paar anständige High Heels aussuchen solltest. Ich finde, das ist echt nötig.«

Hanna lachte spontan und laut. »Das ist eine Superidee!«

»Aber, aber ich brauche keine neuen High Heels und hier sind die doch auch viel zu teuer«, lehnte ich halbherzig dieses geniale Geschenk erst einmal ab, während mein Blick jedoch schon begehrlich über die Auslagen schweifte. Oh, Mann, das war ja traumhaft!

»Natürlich brauchst du welche!«, sagten aber meine Freundinnen wie aus einem Munde und dirigierten mich auch schon auf ein niedriges Sofa.

»Setz dich!«, forderte Kati mich auf. »Bis du dich von dem Schock erholt hast, suchen wir dir schon mal was zum Anprobieren.«

Sie schleppten dann im Laufe der nächsten Dreiviertelstunde Unmengen Schuhwerk an und ich probierte brav alles unter den immer verzweifelter blickenden Augen der Verkäuferinnen durch. Entweder fielen *die* gleich in Ohnmacht oder *ich* gab meinen Geist auf. Auch Hanna hatte nun wohl das Gefühl, dass wir zu einer Entscheidung kommen müssten.

»Also los, nun sag, welche du willst, ich würde gern auch noch ein bisschen woanders shoppen.«

Okay, es gab drei Paare, die mir gleich gut gefielen, und zwischen denen ich mich einfach nicht entscheiden konnte. Somit beschloss ich, dass der Preis den Ausschlag geben sollte. Ich wollte ja schließlich meine Freunde nicht total ausbeuten. Zu meiner Freude stellte ich dann fest, dass genau das Paar am preiswertesten war, das mir am besten gepasst hatte. Was für ein Schweineglück. Wobei preiswert aber auch nicht wirklich billig heißt, aber gut, wenn die Eltern es zahlten ...

Die Verkäuferin glaubte es erst gar nicht, als Kati ihr die Schuhe hinhielt und sagte: »Die nehmen wir.«

So rasend schnell, wie die Karton, Seidenpapier und Schuhspanner einsammelte und damit zur Kasse hetzte, habe ich noch nie eine Verkäuferin erlebt.

»Bitte als Geschenk verpacken«, sagte Kati jedoch vor dem Bezahlen noch ungerührt, und wir kriegten ein echt französisches Einpackkunstwerk noch gratis dazugeliefert. Na ja, wo es doch wirklich ein Geburtstagsgeschenk war!

Wir fuhren dann in die Damenabteilung rauf und schauten uns im Bereich der jungen Labels um. Hanna probierte einige Teile, war aber ziemlich unschlüssig.

»Das ist auch alles nix für dich«, sagte ich schließlich, »teuer, aber nicht cool genug! Hier, probier das mal, das ist doch wohl das ultimativ tollste Shirt überhaupt.«

Hanna warf mir einen zweifelnden Blick zu, probierte es dann aber an. Oh, sah das toll aus! Wenn ich genug Geld gehabt hätte, dann hätte ich glatt schwach werden können. Hanna auch.

»Meinst du wirklich, dass es so super ist? Nicht ein bisschen zu bunt?«

»Quatsch, das ist farbig, nicht bunt, das ist ein himmelweiter Unterschied.«

»Na, wenn du meinst …«

Aber da Kati mich nach Kräften unterstützte, gab sie sich schließlich einen Ruck und kaufte das Teil.

»Da hast du nix verkehrt gemacht«, sagte ich, als wir mit der Rolltreppe in die Gourmetabteilung, die sich im Kellergeschoss befand, fuhren. »Das wird bestimmt eins deiner Lieblingsstücke.«

»Na, mal sehen«, sagte sie und es klang irgendwie seltsam. Ich dachte darüber aber dann nicht weiter nach, weil wir uns nun einen Platz an einem der Bistrotische erkämpfen mussten, um uns erst mal bei einer leckeren Schokolade vom Einkaufsstress ein bisschen zu erholen.

*Okay, auch hier gilt, nicht mit dem KaDeWe vergleichen, sondern einfach das auf engem Raum verdichtete französische Flair genießen und … nicht auf die durchweg unverschämten Preise gucken. Obwohl gucken ist überhaupt das Einzige, was man hier als Jugendlicher sinnvollerweise tun sollte … nur gucken … nicht kaufen.*

Kaum eine der Gourmet-Bars bot etwas in unserer Preisklasse an. Allenfalls einen Crêpe oder ein halbes Hühnchen hätten wir uns leisten können.

Wir entschieden uns dann aber für die Schokolade und ein Stückchen Torte, was auch schon gehörig ins Geld ging. Nun ja, verbuchte ich dann schon mal unter Geburtstagskuchen. Ohne Anlass hätte ich mir das ehrlich gesagt nicht gegönnt, und so lecker es war ... soooo lecker war's dann auch wieder nicht.

Aber das Preisniveau wurde im Bereich der Friedrich- und der Französischen Straße generell nicht besser. Als wir durch eine mit dem Lafayette verbundene unterirdische Einkaufspassage bummelten, die total schicke Freitreppen und einen sehr auffälligen Fliesenboden hatte, stießen wir hocherfreut auf ein Designer-Outlet.

»Cool!«, rief Kati aus, und wir witterten alle sogleich das ultimative Schnäppchen.

Pustekuchen! Da gab es leider überhaupt nix günstig abzustauben. Zwar waren die Teile von Roberto Cavalli, Armani, Galliano, Escada, Chanel und wie die Luxuslabel alle so hießen teilweise bis zu 70 % heruntergesetzt, aber bei einem Ursprungspreis, der in den Tausendern lag, blieben immer noch ein paar Hundert Euro übrig. Frust machte sich breit.

»Egal«, meinte Kati dann jedoch. »Ich probiere jetzt was an. Schließlich bin ich Model und muss so was mal am Körper gespürt haben.«

Wir hatten dann eine Weile riesig viel Spaß, bis ein Verkäufer ziemlich zudringlich wurde und mehrfach fragte, was wir denn nun nehmen wollten.

»Alles«, sagte Kati schließlich genervt. »Wir nehmen das alles – nicht!«

Und als Hanna beim Rausgehen kichernd zu dem Verkäufer meinte: »Sehen wir vielleicht so aus, als ob wir uns das leisten könnten?«, da stammelte er perplex über so viel Frechheit: »Äh ... nein ... äh ... eigentlich nicht ...«

Womit er – Bingo – ins Schwarze getroffen hatte!

Kati schlug dann noch in ein paar kleineren Boutiquen zu und mit unseren Einkaufstüten beladen, kamen wir zufällig am Checkpoint Charly vorbei. Das ist dieser berühmte Grenzübergang, an dem sich Russen und Amerikaner beim Mauerbau 1961 hochdramatisch mit Panzern gegenübergestanden haben sollen. Jetzt sah man dort nur ein unspektakuläres Grenzhäuschen, vor dem eine Mauer aus Sandsäcken aufgebaut war, auf der ein paar Maschinengewehre und viele Blumen lagen. Überwiegend Amerikaner posierten dort für Erinnerungsfotos.

Klar schossen wir auch ein paar, alleine schon, um den Jungs beweisen zu können, dass wir hier waren. So von wegen, Mädchen hätten nur Shoppen im Sinn und keine Ader fürs Politisch-Historische!

Okay, dann war das aber auch abgehakt. Da der dritte Weltkrieg ja damals zum Glück verschoben worden war, fanden wir es jetzt nicht mehr so sehr von Interesse.

Wir stiegen in die U-Bahn und fuhren die wenigen Haltestellen bis »Stadtmitte«, von wo wir zu Fuß bis zum Gendarmenmarkt gingen. Allerdings wurden wir durch eine Demonstration aufgehalten, für welche die Friedrichstraße abgesperrt wurde. Da es um die Rettung der East Side Gallery ging, hatten wir dafür vollstes Verständnis.

Die Jungs warteten natürlich schon auf uns, akzeptierten aber unsere Erklärung für die Verspätung.

»Dafür würde ich auch auf die Straße gehen«, meinte Tobi erstaunlich revolutionär.

Gerard lud uns erst mal auf einen Kaffee ein. Weil er unbedingt den Turm des Französischen Doms besteigen wollte, Hanna aber nach wie vor unter Höhenangst litt, blieb diese während der Exkursion mit unseren Sachen im Café sitzen. Das war prima, so mussten wir den Kram nicht die enge Wendeltreppe rauf- und runterschleppen.

*Der Gendarmenmarkt ist wirklich sehr schön und das prächtige Schillerdenkmal vor dem Konzerthaus in der Mitte macht echt was her. Also auf Schiller stehe ich ja sowieso. Kommt bei mir gleich hinter Goethe. Wegen der tollen Balladen.*
*Ich habe keine Ahnung, was hier noch echt alt oder*

*neu wieder aufgebaut ist, aber in seiner Gesamtheit finde ich den Platz sehr stilvoll und die vielen jungen Leute, die auf den Stufen der mächtigen Freitreppe des Konzerthauses hockten, schienen die Atmo ebenfalls zu mögen. Man fühlt sich schon irgendwie in galante Zeiten zurückversetzt.*

Schon von außen wirkten die beiden Dome sehr viel graziler als der Berliner Dom. Innen hielt besonders der Deutsche Dom eine Überraschung bereit, denn statt in ein historisches Gemäuer zu treten, wurden wir mit einem total modernen Turminneren aus hellroten Ziegeln und Betonsäulen konfrontiert. Sah cool aus, war aber etwas unerwartet. Ein Dom ist das Gebäude heute nicht mehr, sondern Ausstellungsraum für »Zeugnisse der parlamentarischen Demokratie in Deutschland«. Gar nicht uninteressant, aber wenn man wenig Zeit mitbringt, nicht unbedingt zu empfehlen.

Mehr Spaß machte eindeutig die Besteigung des Französischen Doms. Zwar war die Wendeltreppe eng und steil, aber der herrliche Ausblick von oben belohnte einen für den Schweiß, der bei der heutigen Hitze unvermeidlich floss.

»Warum herrschte zwischen Franzosen und Deutschen so oft Krieg?«, wollte ich nun doch von Gerard wissen.

»Ich weiß es auch nicht so genau, es hängt wohl mit irgendwelche Erbfolgekriegen aus die Mittelalter zusammen. Man sprach ja auch immer von die verfeindeten Brüder. Ich glaube, seit der Französischen Revolution die deutschen Fürsten hatten außerdem immer die Angst, dass die liberale Geist Frankreichs könnte über die Grenzen schwappen und sie ihre Macht über das Volk verlieren. Da sie haben eben versucht, mit Kriegen gegen diese Gefahr anzukämpfen.«

»Aber die Demokratie hat sich auch in Deutschland nicht aufhalten lassen«, sagte ich zufrieden, »und jetzt sind unsere Länder in Europa starke Verbündete.«

Gerard lachte. »Ein bisschen auch Rivalen, aber es immer gab diese Hass-Liebe, beide wir haben ein starke Wirtschaft und ein bedeutende Kultur und Kunst, denk nur an die Maler und Philosophen, an die Architekten ... Was Paris gemacht hat, Berlin machte nach ...«

Hm, das klang nun ein wenig überheblich in meinen Ohren, wir waren schließlich keine Nachmacher-Nation, aber so hatte Gerard das sicher auch nicht gemeint.

»Wir sind immerhin schon im 17. Jahrhundert das Spree-Athen gewesen«, hielt ich ihm dennoch patriotisch entgegen. Der sollte nicht meinen, dass wir nicht auch selbst große geistige und kulturelle Leistungen vollbracht hätten.

Er verstand sofort und lenkte ein. »Preußen immer hat gegolten als liberal und es hat großzügig aufgenommen viele französische Hugenotten, als die aus Frankreich mussten fliehen. Das du kannst ja unten in die Hugenotten-Museum sehen. So eine Ausspruch wie ihn getan hat der Alte Fritz, dass jeder soll selig werden nach seine Fasson, der ist, wenn du mich fragst, französisches Savoir-vivre total! Die richtige Lebensart!«

Wir stiegen wieder vom Turm herab und machten noch einen kurzen Abstecher in das wirklich sehenswerte kleine Hugenotten-Museum. Wie toll, dass diesen wegen ihres Glaubens im 17.Jahrhundert verfolgten Franzosen in Berlin so großzügig Asyl gewährt worden war und sie sich im Viertel um den Gendarmenmarkt ansiedeln konnten.

Gerard merkte, wie stolz ich darauf war, und meinte lachend: »Ja, ja, ich gebe zu, eure Große Kurfürst, war eine sehr kluge und liberale Mann. Chapeau!«

Hanna hatte uns schon ungeduldig erwartet. Wir nahmen ein Sammeltaxi und kaum saßen wir wieder entspannt im Penthouse auf der Terrasse, hatten die Jungs eine Überraschung für uns. Sie waren beim Haus der Kulturen gewesen und hatten dort am Bootsanleger eine interessante Saturday-Night-Tour für uns entdeckt. Jetzt wollten sie die sofort über das Internet buchen.

»Das ist dann meine Geschenk an dich zum Geburtstag, Mila«, sagte Gerard mit einem sehr lieben Lächeln. Sofort musste ich an Philippe und unsere Bootsfahrt auf der Seine denken … oh nein, besser nicht, der hatte heute hier aber auch gar nichts mehr zu suchen! Trotz der philosophischen Gespräche über Hugenotten und so ...

»Ist er nicht süß«, flüsterte mir Hanna ins Ohr und durch meine Gedanken etwas verwirrt fragte ich: »Wer, wer ist süß?«

Sie schaute mich irritiert an. »Na, wer schon? Gerard natürlich!« Das konnte ich nur bestätigen, riss mich zusammen und verbannte Philippe zurück in mein Unterbewusstsein, wo ich Erinnerungen ablagerte, die für mein Leben zwar wichtig waren, aber im Moment nicht gebraucht wurden ... äh ... ja, lass ich jetzt besser mal wieder so stehen.

Die Bootsfahrt am Abend kam mir sehr recht, denn ich war noch immer etwas unschlüssig in Bezug auf das *Reinfeiern* in meinen Geburtstag. Einerseits wünschte ich mir einen ultimativen Dance-Abend in der Hauptstadt, andererseits befürchtete ich, dass wir nirgends *reinkamen* und der Abend ein schrecklicher *Reinfall* würde. Das brauchte ich in der Nacht auf meinen Geburtstag eigentlich nicht. Die sollte mit ganz viel positiver Energie aufgeladen sein, damit das neue Lebensjahr dann auch wirklich gut verlaufen würde. Das wünschte ich mir nämlich – richtig geile Zukunftsaussichten.

Es kamen mir dann zwei Dinge zu Hilfe. Erstens hatte Gerard, der ja nun schon mehrere Jahre in Potsdam studierte, natürlich auch immer mal wieder mit Kumpels in Berlin abgefeiert. So bekamen wir von ihm noch ein paar Infos aus erster Hand. Mit Hanna war er ebenfalls schon partymäßig unterwegs gewesen. Und beide meinten, dass wir auf jeden Fall nach Kreuzberg oder Friedrichshain sollten, weil da die Leute liberaler als in Mitte wären.

»Die meisten haben aber am Wochenende so viele Touris, dass die es gar nicht nötig haben, Jugendliche reinzulassen«, meinte Hanna. Und Gerard wusste aus eigener durchaus positiver Erfahrung zu berichten, dass in jedem Fall im Bereich Boxhagener Platz und Simon-Dach-Straße, die Kneipendichte enorm wäre und es vor hippen und schrägen Locations nur so wimmeln würde. Okay, zu dem Schluss waren Markus und ich ja ebenfalls gekommen. Da sollte doch dann irgendwo was zu machen sein.

Die zweite Unterstützung erhielt ich von meinem Dad, der tatsächlich aus Amerika anrief, weil er sich erkundigen wollte, wie wir so zurechtkämen? Wie lieb!

Als ich ihm von unserem Disco-Problem erzählte, lachte er und meinte, ich sollte doch mal auf seinem Schreibtisch nachsehen, da müsse seine Membership-Karte für den Mixed-Media-Klub liegen.

»Mit der Karte kommt ihr dort auf jeden Fall rein. Aber damit es auch wirklich klappt, werde ich gleich mal anrufen. Ich bin sehr oft mit Geschäftsfreunden aus der Medienbranche dort, es würde mich wundern, wenn wir das nicht hinkriegen. Gerard darf ich doch sicher als eure von mir bevollmächtigte erwachsene Begleitperson benennen, oder?« Na klar, das war der ja schon von Faris gewöhnt. *g*

Dad meldete sich tatsächlich eine Stunde später noch mal.

»Okay, Mila, alles geregelt. Nimm meine Klubkarte mit und bezieh dich notfalls auf mein Telefonat aus den USA. Habt Spaß! Es ist für einen Sommerabend der absolut beste Tipp!«

Ich war total happy, dass ich meinen Freunden nun eine offensichtlich richtig tolle Location anbieten konnte. Klar, dass wir meinem Dad keine Schande machen wollten und uns darum ein bisschen aufbrezelten, um in dem Klub nicht als Youngster negativ aufzufallen. Ich durfte mit Sondergenehmigung von Kati natürlich gleich meine neuen High Heels ausführen. Was waren die super! Oh, ich hätte sie dafür gleich noch mal abküssen können ... äh Kati ... nicht die Treter ... ja und Tobi natürlich auch ... aber das hätte Kati bestimmt nicht so gerne gesehen, die wachte nämlich ganz schön eifersüchtig über ihren Liebsten.

»Gut, dann kann die lange Nacht ja starten«, sagte ich zu Markus, der sich auch schon klubfein gemacht hatte. Er trug eine schwarze Sommerjeans, ein Designer-Shirt mit dezentem angesagtem Statementdruck und einen um die Schulter geknoteten, grauen Pulli. Das passte zu meinem engen schwarzen Partykleid mit dem ziemlich kurzen Rock und der fetten Strassverzierung am Dekolleté. Die farbigen High Heels griffen ein paar Farbtöne der Strasssteine auf, was wirklich megacool kam. Kati brach dann bei meinem Anblick in euphorisches Lob aus.

Aber sie und Hanna mussten sich auch nicht grade verstecken und ihre Jungs ebenfalls nicht. Selbst Tobi sah in seinem leichten Party-Sakko aus Leinen gleich ein paar Jährchen älter aus. Super, da würden wir meinem Dad ganz sicher keine Schande machen.

Wir nahmen zur Feier des Tages ein Taxi zum Bootsanleger, also genau genommen eher deswegen, weil ich mir nicht schon gleich die Haxen in den neuen Schuhen brechen wollte. Dazu war später noch Zeit genug. ;-)

Die Saturday-Night-Tour trug den Untertitel »Historische Stadtrundfahrt auf der Spree« und dauerte zwei Stunden. Abfahrt war am Reichstagsufer kurz nach 19 Uhr.

Das Schiff hatte zwei Etagen, die untere war geschlossen, während man auf dem Oberdeck im Freien sitzen konnte. Angesichts des tollen Sommerwetters suchten wir uns dort einen Platz und die Jungs versorgten uns mit einem alkoholfreien Cocktail. »Ist im Geschenk inbegriffen«, meinte Gerard lachend, als er mir das Glas in die Hand drückte. Hm, sah lecker aus und schmeckte auch so, schön fruchtig und mit erfrischend viel Eis. Ich saugte genüsslich und sehr zufrieden an meinem Strohhalm und freute mich auf eine gemütliche Fahrt. Herrlich, mal nicht laufen zu müssen.

Diese Tour ist wirklich zu empfehlen. Es war zwar noch nicht dunkel, aber einige Sehenswürdigkeiten waren dennoch bereits beleuchtet, was sie noch einmal im wahrsten Sinne des Wortes in einem anderen Licht erscheinen ließ.

Wir erlebten einen regelrechten Rundumschlag: Museumsinsel – Berliner Dom – Fernsehturm – Rotes Rathaus – Schleuse am Mühlendamm – East Side Gallery – O2-World – Oberbaumbrücke.

Das war schon sehr toll, aber dann ging es nach einer Wendung auch noch zum Reichstag und am »Band des Bundes« entlang durch das Regierungsviertel, wo die modernen Gebäude mit ihren Glasfassaden auffällig illuminiert waren. Eindrucksvoll war hier besonders die Fahrt unter der Brücke hindurch, die das Marie-Elisabeth-Lüdershaus mit dem Paul-Löbe-Haus verbindet. Auch der erleuchtete Glaspalast des Hauptbahnhofs war ein echter Hingucker. Wir kamen sogar am Badeschiff vorbei und fuhren durch den erstaunlich industriell wirkenden Humboldthafen.

Natürlich gab es Musik und immer wieder Hinweise auf die links und rechts der Fahrtroute liegenden Sehenswürdigkeiten. Aber das war in Paris auch nicht anders gewesen, als wir auf der Seine gefahren sind, nur dass ich die Ansagen auf Französisch meistens nicht verstand.

Die Stimmung zwischen uns war richtig gut und alle genossen die Fahrt. Was für ein wirklich supergelungener Einstieg in meine Partynacht!

Wegen der Glückskekse lud ich meine Freunde anschließend zu einem Chinesen in der Kantstraße ein, dessen Küche einen hervorragenden Ruf hat. Little Chinatown von Berlin!

Wir bestellten verschiedene Gerichte von Ente über Chopsuey bis hin zu Siebenerlei Glück und kosteten jeder bei jedem. Hach, das war sooo gemütlich. Auch der Glückskeks gab sich mit seiner Prophezeiung freundlich.

*Great success and love will cross your way. Take it!*

Aber hola! Da würde ich selbstverständlich zugreifen. Ich zeigte Markus meinen Zettel und er nahm mich sofort in die Arme und küsste mich.

»*Ich* soll zugreifen, nicht *du!*«

Er spielte den Verlegenen. »Oh, pardon, da habe ich wohl was falsch verstanden. Könntest du mir die Umarmung dann bitte zurückgeben.« Ich lachte, umarmte ihn nun meinerseits und gab auch gleich noch den Kuss zurück. Knorke!

Es war fast 23 Uhr, als wir zahlten und in den Mixed-Media-Klub aufbrachen. Wir hätten wieder ein Taxi genommen, aber die waren nun rar, und da wir uns nicht die Beine in den Bauch stehen wollten, fuhren wir mit der U-Bahn bis zum Wittenbergplatz und von da nach einem kurzen Umsteigen bis zum Schlesischen Tor, da mussten wir nur noch über die Oberbaumbrücke nach Friedrichshain ans andere Spreeufer pilgern.

*In Berlin funktioniert der öffentliche Nahverkehr am Wochenende die ganze Nacht hindurch. Da der Berliner selten vor 23 Uhr in die Hufe kommt und also erst spät eine Bar oder einen Klub betritt, sind die Bahnen und Trams zwischen 23 Uhr abends und 6 Uhr morgens am vollsten, genau gesagt gerammelt voll. Hipster und lautstark plappernde Partypeople mischen sich meist erstaunlich friedlich mit Touristengruppen und Klubbern. Man kann froh sein, einen Stehplatz zu ergattern, und muss schon sehr gut aufpassen, dass einem niemand auf die neuen High Heels latscht. Dennoch ist es der schnellste Weg, um ans Ziel zu kommen. Taxi kann man in der Zeit vergessen!*

**Berlin ist ... *echt cool, aber nicht überall jugendfrei!***

*Ohne Berlin schlecht machen zu wollen, darf man doch nicht die Augen davor verschließen, dass es einige Viertel gibt, wo man als Jugendlicher abends nicht unbedingt rumgurken muss. Gegenden, in denen in jeder zweiten Hauseinfahrt jemand blankzieht, sind echt nix für Youngster. Das SO 36-Viertel und die Seitenstraßen der Oranienstraße sind ein bisschen mit Vorsicht zu genießen. Obwohl die gleichnamige Disco durchaus angesagt ist und sich sehr in der alternati-*

*ven Kulturszene im Viertel engagiert, auch mit Rockkonzerten, Schwulenabenden und Hip-Hop-Sessions. Aber da viele Kieze im Umbruch sind, sollte man sich auf jeden Fall aktuell informieren. Was heute gilt, kann morgen schon Schnee von vorgestern sein. Da ist Berlin sehr schnelllebig.*

Der Mixed-Media-Klub lag etwas abseits auf der Friedrichshainer Seite, in der Nähe des Universal-Gebäudes, direkt am Spreeufer. Das flashte uns natürlich sofort, obwohl es von außen ziemlich unspektakulär, ja fast abweisend schlicht wirkte. Oha, das sah nicht so gut aus! Doch der äußere Anschein täuscht ja öfters mal.

Am Eingang wurden wir zunächst auch ein wenig skeptisch beäugt, weil wir wohl trotz unseres genialen Stylings nicht so ganz der üblichen Klientel entsprachen. Aber ich zeigte die Klubkarte meines Vaters, und als Gerard unterstützend und in sehr weltmännischer Art mit seinem französischen Akzent sagte: »Monsieur van Dalen bedauert es sehr, dass wegen seine plötzliche USA-Reise er nicht kann unsere Verabredung hier einhalten«. Da war die Sache gebongt.

Ja, man behandelte uns sogar ausgesprochen freundlich. Woraus ich schloss, dass die uns für irgendwelche Popsternchen und Jungschauspieler hielten, mit denen mein Dad hier tatsächlich öfter verkehrte. Da er wohl stets ordentlich Kleingeld hinterließ, kam uns das jetzt zugute. Na ja, Geschäftstermine halt, die von der Steuer absetzbar waren.

Tobi schien besonders begeistert und meinte: »Also so einen Job, wie dein Vater ihn hat, den suche ich mir später auch.«

»Kannst ja schon mal ein bisschen üben«, schlug ich vor und meinte zu Kati: »Wenn man uns schon für Semipromis hält, dann benehmen wir uns doch am besten auch so.«

»Und wie soll das aussehen?«, fragte Hanna.

Kati kicherte etwas hysterisch. »Na, so wie im Fernsehen, also ich hab kein Problem damit, hier ein bisschen *Germany's next Topmodel* zu spielen.« Prompt verwandelten wir uns alle in richtig alberne Hühner. Hanna erklärte sich zu einer angehenden Popsängerin und ich war natürlich der neue Stern am Literaturhimmel. Markus und Tobi machten wir zu Jungschauspielern, welche die männlichen Hauptrollen bei der Verfilmung meines ultimativen Romanerstlings spielen sollten. Eine Weile hielten wir das auch durch, aber dann merkten wir sehr schnell, dass die Promidichte in Berlin so hoch ist, dass es niemanden interessierte, ob jemand prominent war oder nicht. Vor Gott und dem Berliner sind alle Menschen gleich!

Für einen lauen Sommerabend bot der Klub ein wirklich tolles Ambiente, aber er war auch ein echter Insiderschuppen, in den nicht jeder reinkommt. Was hatten wir für ein Schweineglück. Na ja, ging ja auch auf meinen Geburtstag zu.

Die Räume waren total modern eingerichtet und opulent mit unzähligen Deckenstrahlern in unterschiedlichen Farbstimmungen ausgeleuchtet. Sanftes Creme, Blau und warme Rottöne tauchten die verschiedenen Bars in stimmungsvolles Licht. Eine Lounge-Möblierung lud zum Relaxen ein.

»Ein echt noble Ambiance«, sagte Gerard anerkennend. »Deine Dad hat eine exquisite Geschmack.«

Hatte er, in der Tat. *g*

Da wir trotz Bootsfahrt und Essen beim Chinesen für Berliner Verhältnisse relativ früh hier waren, fanden wir sogar noch ein Plätzchen auf der direkt ins Wasser hineingebauten Spreeterrasse. Man gelangte über eine kurze Brücke hinüber und konnte es sich dann auf gepolsterten Sitzbänken am ebenfalls gepolsterten Geländer gemütlich machen. Schon der Blick durch die Panoramafenster der Chill-out-Lounge war faszinierend, aber hier draußen wurde der an diesem lauen Sommerabend einfach noch getoppt.

Allerdings passte dazu die Mucke nicht ganz. Unten und draußen gab es Funk, Soul und Elektro-Pop, während auf dem Mainfloor besonders House- und Techno-Fans auf ihre Kosten kamen.

Die Getränkepreise waren okay und keineswegs teurer als bei uns zu Hause. Gegen ein Bier oder nicht-alkoholisches Getränk für drei Euro kann man echt nichts sagen.

Die meisten Cocktails und Drinks waren dann

allerdings bei näherem Hinsehen doch nicht ganz so billig, auch nicht die ohne Alk, aber man kann sich ja auch längere Zeit an einem Getränk festsaugen.

Wir hielten uns also erst mal zurück, bis mein Dad überraschend anrief, um sich zu vergewissern, ob wir auch tatsächlich eingelassen worden waren. Ganz beiläufig meinte er dann, dass der Verzehr auf seine Klubkarte ginge. »Die ist zugleich auch eine Zahlkarte.«

Wow, das war ja der ultimative Hammer!

### Berlin ist … *wenn dir vor Glück schwindelig wird*

Der wirklich richtige Hammer kam dann aber erst, als um Mitternacht die Musik abbrach, der DJ mir zum Geburtstag gratulierte und *Happy Birthday* von Marilyn Monroe auflegte, während uns gleichzeitig ein Kellner ein Tablett mit Champagner-Gläsern brachte.

»Mit herzlichen Grüßen von Herrn van Dalen.«

Meine Freunde waren sprachlos und mein Herz zersprang mal wieder fast vor Dankbarkeit.

Meine Mam, die ständig mit ihrem Frisiersalon ums Überleben kämpfte, hätte mir so was natürlich nicht ermöglichen können. Aber sie gönnte es mir von Herzen. Und als ich ihr eine begeisterte MMS mit einem Foto vom Anstoßen mit meinen Freunden und ein zweites von meinen Füßen in den neuen High Heels schickte, textete sie ganz lieb zurück.

`Alles Liebe auch von mir und genießt den Abend, ich freue mich so für dich!`

Keine Spur mehr von Misstrauen. Ich seufzte erleichtert auf.

»Was ist?«, fragte Markus und ohne meine Antwort abzuwarten, griff er nach meiner Hand und zog mich auf die Tanzfläche. Mir war vor Glück ganz schwindelig ... äh ... ja, vielleicht war es auch ein bisschen vom Champagner ... egal ... c'est la vie!

Während des Tanzes knutschten wir natürlich hingebungsvoll und vergaßen wirklich alles um uns herum. Ich ließ mich von der Musik tragen und fühlte, wie ich davonschwebte. Dann jedoch manövrierte Markus mich geschickt in eine Ecke am Wasser, um mir feierlich sein Geschenk zu überreichen. Er wirkte dabei direkt ein wenig verlegen.

Es war in Herzchenpapier (!) eingewickelt und lag in einer flachen Schmuckschachtel. Oha, Markus schenkte mir Schmuck! Das war ja aufregend. Mit zittrigen Fingern öffnete ich das Kästchen. Wie schön! Auf einem Satin-Kissen festgesteckt lag ein schmaler Armreif aus Sterlingsilber.

»Wie toll«, rutschte es mir sofort begeistert heraus. »Wunderschön, woher wusstest du ...? Ich wollte immer schon mal so einen haben. Kann ich ihn gleich anlegen?«

Markus lächelte, sagte aber immer noch etwas verlegen: »Klar, aber … äh … schau vielleicht erst mal rein …«

Reinschauen? Ich fummelte den Reifen heraus.

Oh, da war ja was in seinem Inneren eingraviert, eine Widmung. Schwer zu entziffern bei dem schummrigen Licht hier … oh … wie süß! *Alles Glück der Erde. In Liebe, Markus,* stand da und das heutige Datum und *Berlin*.

Da ging aber vielleicht in meinem Bauch ein Schwarm Schmetterlinge ab und versetzte mich in einen wahren Glückstaumel. Das hatte ich von Markus wirklich nicht erwartet. Der hängte sich normalerweise nicht so weit aus dem Fenster, was große Sprüche anging. Was war er doch für ein Schatz! Voll der heimliche Romantiker. Tja, die coolen Jungs mit dem warmen Herzen, das sie so gerne vor uns versteckten, weil ihnen ihre sanfte Seite selber unheimlich und meistens eher peinlich war. Dabei standen wir Mädchen doch gerade auf solche Nettigkeiten.

Ich streifte den Armreif über und bekam direkt eine leichte Gänsehaut, weil ich so überwältigt war. Dankbar schlang ich meine Arme um den Hals von Markus und küsste ihn vermutlich viel zu stürmisch ab. Aber so war ich nun mal: Wenn mein Herz sprach, dann meistens ziemlich laut und spontan! Da ging wohl die Berlinerin mit mir durch. »Danke, allerliebsten Dank!«, jubelte ich überwältigt.

Ich schleppte Markus noch mal auf die Tanzfläche, um dort beim Tanzen ein bisschen was von diesem Gefühlsüberschwang rauszulassen, sonst wäre ich garantiert explodiert.

**Berlin ist ... *wenn die Nacht länger als der Tag ist!***

So gegen 24 Uhr war es schlagartig voller geworden und es drängten sich hier inzwischen viele Pärchen. Großartiges Abtanzen war kaum noch möglich und so blieb uns gar nichts anderes übrig, als eng umschlungen mehr oder weniger auf der Stelle von einem Bein auf das andere zu steigen oder lediglich die Hüften ein wenig im Rhythmus der Mucke zu shaken. So richtiges Powerdancing war leider nicht drin, dabei hätte ich den ganzen Klub rocken können, so aufgekratzt war ich. Okay, dann die sanfte Tour. Lullte ich die wild schwirrenden Schmetterlinge in meinen Eingeweiden eben ein bisschen ein.

Ich legte meinen Kopf an Markus' Schulter, spürte seinen Atem und sank vollkommen glücklich in einen der längsten Küsse, den ich je erlebt hatte. Und wieder war der ausgesprochen heiß und ließ mich erneut alles um mich herum vergessen. Ich schloss die Augen und gab mich ganz diesem wunderschönen Gefühl hin, das in mir so wunderbar prickelte und von dem ich mir wünschte, dass es nie mehr aufhören würde.

Immer und immer wieder suchten sich unsere Lippen, und wenn ich einmal die Augen öffnete, dann sah ich Hanna und Gerard und Kati und Tobi ebenso versunken und hingebungsvoll einander in den Armen liegen und Zärtlichkeiten austauschen.

Ach, dachte ich, wie ist doch Berlin schön und wie leicht findet die Liebe hier ihren Platz!

## SONNTAG – ZUR MORGENSTUND ... ÄH ... EHER SO GEGEN MITTAG!

*Also, liebes Tagebuch, dann folgt jetzt mein Bericht von der langen Nacht. Ich bin scheinbar die Einzige, die schon wach ist, und kann darum diese Chance gleich mal nutzen, um dich auf dem Laufenden zu halten.*

Wir verloren die Zeit aus dem Blick, aber irgendwann wurde das ohnehin schon sehr ausgesuchte Publikum zunehmend älter und wir fühlten uns nicht mehr ganz so wohl.

»Wollen wir die Location wechseln?«, fragte ich also.

»Von mir aus gerne«, gab Markus zurück und es war mir klar, dass dies hier weder vom Ambiente noch von der Musik sein Ort war. Für ihn hätte ein angeranzter ehemaliger Pferdestall mit harter Technomucke besser gepasst. Gerard hingegen schien sich sehr wohl, ja fast heimisch zu fühlen und ich musste zugeben, dass das Mixed-Media durchaus mit den angesagten Pariser Klubs mithalten konnte. Das machte mich direkt ein wenig stolz auf Berlin.

Kati und Tobi hockten auf der Bank am Geländer und schauten zur Oberbaumbrücke rüber. Also versuchte ich erst mal, die beiden auf unsere Seite zu ziehen.

»Sieht cool aus da drüben, nicht?«, sagte ich zu Kati und lehnte mich an das Geländer. Sie nickte. »Da scheint auch einiges los zu sein«, meinte sie dabei.

»Lust, da rüber zu wechseln?«, fragte ich. Tobi sah mich mit etwas geweiteten Pupillen an. Er hatte sich ganz offensichtlich mehr als einen Cocktail eingeschüttet.

Lernte der Junge denn gar nichts? Aber vielleicht hatte er eine Art hochprozentige Bulimie: Alk rein – Alk raus!

»Von mir aus gerne«, erwiderte er jedoch ganz locker. »Mein Bedarf an Cocktails und Elektropop ist gedeckt.«

Kati nickte. »Man kann sich gar nicht mehr unterhalten«, schrie sie mir ins Ohr. Womit sie recht hatte. Es war nun so voll, dass sie auf allen Floors voll aufgedreht hatten.

Also quetschte ich mich zu Gerard und Hanna durch und brüllte: »Wir wollen mal auf die Brücke, habt ihr Lust, mitzukommen?«

Falls sie nicht wollten, konnten sie ja noch hierbleiben und wir würden nach unserem kleinen

Ausflug wieder zu ihnen stoßen. Als ich Gerard von unserem Vorhaben erzählte, war er sofort Feuer und Flamme.

»Das ist ein sehr schöne, romantische Idee«, meinte er. »Komm, Hanna, das wir machen auch.«

Und er zog Hanna einfach von der Tanzfläche zum Geländer, wo Markus, Tobi und Kati bereits den Abmarsch vorbereiteten und ihre letzten Drinks leerten.

Okay, wir kamen nicht mehr zurück.

Warum auch? So toll, wie es im Mixed-Media auch war, auf der Brücke war es in dieser Nacht toller. Hier tummelten sich viele junge Leute in unserem Alter, die kein Geld für teure Klubs hatten.

Das Mixed-Media hätte mit seinem noblen, stylischen Ambiente auch in vielen anderen Städten genauso funktioniert wie hier. Und es hätte ganz sicher auch ein ähnliches Publikum gefunden. Eine Oberbaumbrücke, die gab es aber nur hier, zwischen Kreuzberg und Friedrichshain. Die war Berlin und einzig!

Schon auf der Treppe nach oben herrschte ein reges Kommen und Gehen, wir waren also keineswegs allein. Auch etliche andere Menschen waren auf die Idee gekommen, hier den Abend ausklingen zu lassen. Auf eine typische Berliner Art: umsonst und draußen, mit Straßenmusik und Tanz unterm Sternenhimmel, Döner und Currywurst auf der Hand und natürlich einigen Containern

»Wegbier«, weil die Wege in der Samstagnacht nun mal besonders lang zu sein pflegen.

»Liebst du mich?«, fragte ich Markus und wollte es nun doch auch noch mal persönlich von ihm hören. Hier schien mir der ideale Ort dafür.

»Sollte ich?«

»Sei vorsichtig, wat du sagst«, drohte ich ihm scherzhaft. »Dit is nich witzig! Du weest, ick bin een Berliner Gör und mit uns is nich zu spaßen in Liebesdinge!«

Er grinste frech.

»Na, wenn det so is, denn jib ick dia jleich ma wat uff de Schnauze, Pusselchen!« Und patsch, klebte er mir einen fetten Schmatzer auf den Mund. Worauf ich ihn anschließend feierlich zum Berliner ehrenhalber ernannte.

»Ick bin een Balina«, hätte er dann allerdings nicht ganz so laut über die Spree brüllen müssen. Kerle, keen Benimm!

**Berlin ist … *wenn man mit einem Jungen neben sich im Bett aufwacht und denkt, es ist ein Bär***

*Also gut, ich gebe es ja zu, ich hatte ganz schön einen im Tee gestern Abend oder eher heute früh, und darum hab ich wohl so einiges nicht mehr ganz auf dem Schirm. Blackout würde ein Politiker sagen, der sich seiner Taten schämt, sich so aber nicht mehr an sie erinnern muss.*
*Will ich auch nicht, muss ich auch nicht, weil das Ein-*

*zige, was ich noch weiß, mir auch nicht erklärt, warum heute Morgen ein asthmatischer Bär in meinem Bett neben mir liegt und vor sich hin röchelt. Mit äußerster Vorsicht schiele ich genauer hin. Liebes Lieschen, das ist ja gar kein Berliner Bär, aus dessen offenem Mund ein infernalisch übel riechender Atem zu mir herüberweht. Das, das ist … Markus! Aber was zum Teufel macht der in meinem Bett?! Der hat nicht mal was in meinem Zimmer zu suchen, schließlich hat er ein eigenes! Der Schock wirft mich fast wieder in die Kissen. Himmel! Bin ich in Sodom oder Gomorrha gelandet, also in einer dieser verruchten Städte aus dem Alten Testament der Bibel, über die Gott zur Strafe für das lotterhafte Leben ihrer Bürger Asche und Schwefel hat regnen lassen? Ganz schön fies!*

*Nun gut, das scheint hier und jetzt nicht zu drohen, denn gemessen an dem, was in Berlin so jede Nacht abgeht, war das, was sich in meinem Schlafzimmer abgespielt hat, wohl eher harmlos. Jedenfalls das, an was ich mich erinnere … aber erinnere ich mich auch wirklich an alles? Hm, mir wird ein bisschen schwummerig.*

*Ich weiß noch, dass Kati und ich Gerard und Hanna davon abhielten, im angeschickerten Zustand nach Potsdam zu fahren, und Kati dafür ihr Gästezimmer räumte und zu Tobi zog. Nach kurzer Diskussion verschwanden die beiden Pärchen dann auch gleich knutschend auf ihre Zimmer.*

*Markus aber machte keine Anstalten, dasselbe zu tun. Vielmehr lehnte er am Rahmen meiner Tür und schien Wurzeln schlagen zu wollen. Ab da habe ich einen echten Filmriss.*

*Jetzt sitze ich vor meinem Sudelbuch am Schreibtisch und frage mich, was wohl zwischen dem Einschlafen und dem Aufwachen passiert ist. Ist überhaupt was passiert? Sind wir nicht einfach nur komatös ins Bett gefallen?*
*Ich schaue an mir herunter und dann zum »Bär«. Wir sind beide noch fast vollständig angezogen. Nur unsere Schuhe und der Gürtel von Markus liegen unordentlich auf dem Fußboden herum.*
*Sein Gürtel! OMG! Das gibt mir aber doch zu denken … hatte er … oder wollte er nur? Ich schaue mit forschendem und zugleich ängstlichem Blick zu ihm rüber.*
*Die Jeans hat er jedenfalls noch an … uff … da bin ich aber erleichtert. Na ja, gut, wenn ich ehrlich bin, habe ich auch nichts anderes erwartet.*
*Mein neues Kleid ist total zerknittert, ist ja auch nicht als Nachthemd gedacht. Partydress, nicht Poofpelle! Mir ist nach Dusche.*
*Wie es aussieht, haben Markus und ich zwar im selben Bett übernachtet, aber nicht miteinander geschlafen. Das beruhigt mich irgendwie. Warum?*
*Ich gehöre zu den Menschen, die an wichtige Ereignisse in ihrem Leben gerne eine Erinnerung behalten. Mit besoffenem Kopf und in halber Bewusstlosigkeit mit meinem Freund in unser erstes Mal zu stolpern, entspricht nicht meinem Stil und ja … das wäre auch*

*unserer Freundschaft nicht würdig. Ich denke, das sieht Markus genauso und darum ist sicher auch alles gut.*

*Hallo, neuer Tag – Mila ist mal wieder ein Jahr älter und wie man merkt auch weiser! *g**
*Ich widerlege mich durch ein albernes Kichern selbst. Das sollte ich mir schleunigst abgewöhnen, das Kichern. Okay, eine Dusche ist wohl nicht ganz verkehrt, die entspannt und macht den Kopf klar. Beides kann mein neues gereiftes Ich zur Unterstützung seiner Profilierung sicher gebrauchen.*
*Wie schön, dass mein Zimmer ein Bad en suite hat. Ich singe leise. Duschen und Singen gehören für mich einfach zusammen. Da tue ich mir auch wegen Markus keinen Zwang an. Der Bär auf meinem Bett ist so tief in seinem Winterschlaf versunken, dass er garantiert nichts davon hört. Das gleichmäßige Rauschen der Dusche dürfte meinen Gesang ohnehin mildtätig übertönen.*

»Am Sonntag will meen Süßer mit mir sejeln jehn, sofern die Winde weh'n, ach, wär det wunderscheen …«, *krähe ich los.*

*Das Duschgel schäumt sich an meinem Körper zu einer prickelnden zweiten Haut auf … herrlich!*

»Am Sonntag will meen Süßer mal ein Seemann sein, mit mir im Sonnenschein so janz allein …«

*Ich stelle den Duschstrahl auf Massage … total angenehm!*

»Und dann beim Abendrot ... mach ick das Abendbrot ...

Auf unserm Sejelboot ...

Für meenen Liebsten und für mich ...«

*Ich rubbele Shampoo in die Haare ein, und als mir beim Abbrausen die Soße in den Mund fließt, schmiert der letzte Ton meines Liedes ab und ich mache meine Klappe dicht. Ab jetzt wird nur noch stumm gesegelt ... ich spinne den Gedanken weiter ... schön wäre es bestimmt, mit Markus zusammen auf einem Boot ... mit weißem Segel ... auf dem Wannsee zum Beispiel ... Kann ja noch werden!*

*Ich seufze wohlig und brause mich mit sanftem Strahl ab.*

*Berlin ist wirklich wie eine Wundertüte – es scheint nichts zu geben, was hier nicht möglich ist ... ähm ... ja, aber natürlich muss man auch nicht alles, was möglich wäre, machen ... Bei dem Gedanken wird mir plötzlich heiß. OMG, was hätte heute Nacht nicht alles passieren können!?*

*Das lasse ich jetzt mal so stehen, stelle den Strahl härter und drehe die Dusche kälter – eiskalt. Zähneklapper! Puh, das tut gut!*

**Berlin ist ... *wenn man seinem Liebsten schon morgens Saures gibt!***

Als ich aus der Dusche kam, war auch Markus aufgewacht. Er wirkte ziemlich verwirrt, als ich im Bademantel vor ihm stand, und er feststellte, dass er in meinem Bett lag. Also *auf* meinem Bett … denn wir hatten nicht mal die edle Tagesdecke abgenommen.

»Guten Morgen, Murmelbär«, sagte ich betont locker, um die Peinlichkeit der Situation zu überspielen. Okay, elegant geht anders, aber Markus war selber schuld, dass die Situation komisch blieb, denn er fragte sofort mit einer megaschuldbewussten Miene: »Ha… hab … ich … dir … äh … habe ich …«

OMG! Mich stach der Hafer, sollte ich ihn ein bisschen an der Nase herumführen? Ich könnte mich ja zum Schein beschweren … ihm vorschwindeln, dass er wie ein rolliger Grizzly über mich hergefallen wäre …

»Ja, hast du«, sagte ich und versuchte möglichst ernst dabei zu gucken, ganz so einfach sollte er mir nicht davonkommen.

Er sah mich so was von entsetzt an, dass ich laut losprusten musste, bevor ich ihn beruhigte: »Du hast dich einfach auf mein Bett geschmissen und …«, ich machte eine kleine Kunstpause, »… hast wie ein Bär im Winterschlaf gepennt.« Ich kicherte megaalbern. »Und geschnarcht!«

Er glaubte es noch nicht ganz. Offensichtlich machte er sich genau wie ich schon seit Tagen ebenfalls Gedanken um unser erstes Mal und traute sich selber nicht so recht über den Weg.

»Sonst … äh … ist nichts passiert?«, fragte er schließlich und es klang – wie gesagt – ungläubig.

Nun lieferte er mir aber eine regelrechte Steilvorlage. »Was sollte denn deiner Meinung nach passiert sein?«, fragte ich frech.

Nein, er lief doch jetzt nicht wirklich rot an? So kannte ich meinen Markus ja überhaupt nicht. Hatte man ihm nicht schon im zarten Alter von 14 Jahren nachgesagt, dass er bei ein paar unserer Tortenschnitten Sahne geschleckt hätte?

Nun druckste er herum wie ein Fünftklässler beim Direx. »Äh ... na ja ... wenn ein Junge und ein Mädchen ... in einem Bett ...«

Ich erlöste ihn. »*Auf* einem Bett, Markus! *Auf,* nicht *in!* Da liegt schon mal dein erster Denkfehler und der zweite liegt darin, dass die beiden *nebeneinander* und nicht *miteinander* geschlafen haben!«

Nun musste er lachen. »Du bist in diesen ... äh ... Dingen aber schon ziemlich direkt, Mila, oder?«

»Das sollte dich doch nicht wundern, Markus. Wir kennen uns schließlich nicht erst seit gestern. Obwohl, so wie du dich heute aufführst, habe ich den Eindruck ... du glaubst, ich wäre jemand anders. Nur weil ich jetzt ein Jahr älter bin?«

Er setzte sich auf und schwang die Beine vom Bett. Als er den festen Boden unter seinen Füßen spürte, schien es ihm gleich deutlich besser zu gehen.

»Entschuldige, ich glaub, ich habe einen Kater.«

»Stimmt, ich sehe ihn. Er sitzt auf deiner linken Schulter und grinst wie die Grinsekatze aus *Alice im Wunderland*«, sagte ich.

»Normalerweise redest du aber nicht solchen Schwachsinn.«

»Stimmt auch.«

»Sonst ist alles klar mit uns?«

Ich zuckte mit den Schultern.

»Was sollte nicht klar sein?«

Er stand auf. »Ich meine ja nur.« Er kratzte sich am Kopf und schob seine in die Stirn gefallene Haartolle zurück. »Dann gehe ich wohl am besten rüber zu mir und dusche auch.«

»Mach das, ich kümmere mich inzwischen um ein Katerfrühstück.«

Er hob seine Schuhe und den Gürtel auf und drückte mir, da beide Hände voll waren, dann ohne eine weitere Umarmung ein Küsschen auf die Wange.

»Danke, du weißt sicher, wovon Männer nach einer solchen Nacht träumen.«

»Rollmops und Spreewaldgurke?«

Er nickte. »Genau.«

Unsere Freunde schliefen ebenfalls bis weit in den Tag hinein. Tatsächlich hatte Kati ihr Zimmer für Hanna und Gerard geräumt und war zu Tobi gezogen. Es ging ja auch wirklich nicht, dass die noch so spät in der Nacht nach Potsdam fahren wollten. Gerard hatte doch einen Fön.

Der wäre hundertprozentig in eine Kontrolle geraten und als Ausländer hätte er dann echt Stress bekommen. Und der sollte nach Meinung meiner

Mutter auf mich aufpassen!! Nein, nein, so war das schon besser.

Äh ja, auf den ersten Blick jedenfalls.

Denn kaum war Markus aus meinem Zimmer verschwunden, klopfte Kati an. Sie war im Bademantel und hatte ordentliche Schatten unter den Augen.

»Du musst mir helfen, Mila«, sagte sie. »Tobi dreht durch.«

»Warum denn das?«

Sie konnte ein Kichern kaum zurückhalten.

»Er, er wollte mit mir ... du weißt schon ... unbedingt ... noch in der Nacht ...«

Ich schaute sie skeptisch an. Sie wollte mir doch nicht sagen, dass sie in *meiner* Geburtstagsnacht ihre Unschuld verloren hatte. OMG!

Sie erzählte kichernd weiter. »Also, ich war ja gleich dagegen, aber er hat erst rumgebettelt, und dann hat er voll auf Macho gemacht und den coolen Verführer gespielt. Dabei war er so was von breit!«

Sie schwieg einen Moment und ich wurde vor Neugier ganz hibbelig. »Und dann? Red weiter!«

Sie kicherte schon wieder so debil. »›Ich will dich‹, hat er gegrunzt, ›jetzt sofort, du machst mich so heiß, Baby‹ ... Ich habe gedacht, in bin in einer Highschool-Komödie oder im Film *Knallharte Jungs!*«

Ich musste nun auch grinsen. »Und, war er heiß und knallhart?«

»Im Kopf schon, aber sonst ... voll tote Hose!«

Sie prustete los und ich stellte mir Tobi in dieser peinlichen Situation vor. Tja, er wäre nicht der erste Junge, der unter Alkoholeinfluss von seinem männlichen Teil im Stich gelassen wurde. Kannte man ja schließlich ebenfalls aus den einschlägigen Filmen.

»Der Arme«, sagte ich mitfühlend. »Wie hat er es denn verkraftet?«

Kati wiegte bedenklich ihr Haupt. »Gar nicht, deswegen bin ich ja hier. Irgendwer muss ihm erklären, dass es nicht an ihm, sondern am Alk lag.«

»Aber da bin ich nicht die Richtige, Kati. Ich hab auf dem Gebiet, also der männlichen Anatomie, auch nur ein theoretisches Wissen und keine eigenen Erfahrungen.«

Uups, was redete ich denn da? Ich fühlte, wie mir die Hitze in den Kopf stieg.

»Vielleicht sollten wir Hanna mal ansprechen oder gleich Gerard, der hat doch sicher auch schon mal so einen Ausfall gehabt und kann Tobi am besten trösten. Nicht dass der noch glaubt, er wäre impotent, und einen Schaden für's Leben kriegt.« Ich merkte, wie die Hitzewallung nachließ. War ja auch völlig unnötig. Was war schon dabei, unter Freundinnen offen über diese Dinge zu sprechen. Mit wem sollte frau es schließlich sonst tun? Mit Mama? Klar, ging auch, aber die war ja grade nicht da, und wie es schien, war es zudem ein akuter Notfall.

Wir lachten beide und pilgerten zusammen zu Hanna und Gerard rüber. Natürlich war Gerard bereit, den Seelenklempner bei Tobi zu spielen.

»Das ist ein ganz normale physiologische Reaktion, das ich Tobi gerne kann erklären, keine Grund sich zu machen eine Kopf.«

»Aber er denkt, er hätte sich nun unsterblich bei mir blamiert«, meinte Kati und konnte immer noch nicht ernst bleiben.

»Meinst du, du kannst überhaupt noch mal Sex mit ihm haben, ohne gleich in albernes Gelächter auszubrechen?«, fragte ich sie schließlich doch etwas angenervt.

Sie wurde abrupt wieder normal. »Na klar, das hat doch damit überhaupt nichts zu tun. Das kriegen wir schon hin ... gelegentlich, wenn's besser passt.«

Schön, wenn sie das so sah.

»Dann solltest du Tobi jetzt auch nicht so veralbern«, ermahnte ich sie. »Das könnte er wirklich falsch auffassen. Du liebst ihn und nur das zählt. So ein kleines Missgeschick ist doch da völlig bedeutungslos ... verbuch es unter Anlaufschwierigkeiten und vergiss es einfach.«

»Echt, du meinst, ich soll mit ihm nicht mehr darüber sprechen?«

»Wozu? Gerard macht das doch schon und der hat schließlich sogar Hanna fast von ihrer Höhenangst geheilt. Der verfügt über psychologisches Geschick. Der baut Tobi bestimmt wieder auf.«

Das tat er wirklich, und als wir uns alle zu einem ausgiebigen Brunch auf der Dachterrasse trafen, war Tobi fast der Alte, mit ein paar Abstrichen, die wir aber heute Morgen alle machen mussten. So nach dem Motto:

*Alkohol, du ringst mich nieder*
*Ich stehe auf und trink dich wieder!*

»Möchte jemand ein Glas Sekt?«, fragte ich spaßeshalber.

»Bloß nicht!!!«, scholl es mir in vielstimmiger Ablehnung entgegen.

Okay, wir beließen es bei starkem Kaffee, viel Wasser und O-Saft und besonders die Jungs stürzten sich auf die Rollmöpse und die Spreewaldgurken.

»Die Schuhe sind ultimativ toll, ich habe nicht mal Blasen an den Füßen und das nach dieser Nacht!«, sagte ich zu Kati. »Du hast sie ja auch nicht den ganzen Abend getragen«, meinte Hanna grinsend.

»Nicht?«

»Weißt du das nicht mehr? Du hast sie auf dem Heimweg in der Hand gehalten, selbst im Taxi bist du barfuß gefahren.«

»Nicht wirklich?! Das ist ja eklig, stell dir nur vor, ich wäre in einen Hundehaufen getreten!?«

»Bist du aber nicht. Das hätten wir gerochen.«

»Dann vielleicht in Hundepippi, das fällt nicht so auf. Oder in Moppelkotze!« Ich malte mir das allerschlimmste Fehltritt-Szenario aus. Wie EKLIG!!!

»Warum du dich regst auf?«, sagte Gerard schließlich diplomatisch. »Wenn du getreten bist in Scheiße, du hast – so sagt man – die ganze Jahr Glück. Was also du willst mehr?«

Hm. Warum hatte mir das nicht gleich jemand gesagt?

»Bin ich? He, überlegt, Leute, bin ich in einen Hundehaufen gelaufen? Ihr müsst euch doch erinnern ... bestimmt bin ich in einen reingetreten ... nicht wahr ...? Kati, du erinnerst dich doch bestimmt ... Markus, habe ich nicht ganz furchtbar gestunken?«

Wie blöd, dass ich noch halb im Schlaf unter die Dusche getaumelt war. Da hatte ich gewiss das glücksbringende Aroma total ahnungslos abgespült.

»Bist du darauf so angewiesen?«, fragte Markus mich jedoch nun. »Ich dachte, ich hätte dir einen Glücksarmreif geschenkt. Reicht der nicht?«

Den schmalen Armreif von Markus trug ich noch immer um mein Handgelenk. Er war wirklich wunderschön und besonders hatte mich die Gravur in seinem Inneren gefreut. Da war Markus, der sonst kein Freund großer Worte war, wirklich mal über seinen Schatten gesprungen. Ja, er hatte recht, das sollte doch reichen, ich brauchte echt keinen Hundehaufen, wenn mein Freund mir so etwas in ein Geschenk eingravieren ließ. Ob er wusste, wie glücklich er mich damit gemacht hatte?

Ich warf ihm einen liebevollen Blick zu und wickelte dann noch ein Päckchen von Hanna aus, das sie in der Nacht nicht mit sich herumschleppen wollte. Entgeistert starrte ich auf das tolle Shirt, welches ich ihr am Samstag bei unserem Shoppingbummel im Lafayette aufgeschwatzt hatte.

»Glaubst du, ich habe nicht gemerkt, dass du es eigentlich haben wolltest, es dir aber zu viel gekostet hat?«

Da hatte sie mich wirklich durchschaut.

»Na bitte, nun hast du es! Noch mal herzlichen Glückwunsch!«

Ich fiel ihr um den Hals. »Danke, danke, ihr seid so tolle Freunde. Alle!« Und das war mein voller Ernst.

Kati trank auf einen Rutsch drei Gläser O-Saft und warf sich dann in einen Sessel im Schatten des Sonnenschirms.

»Noch was vor heute?«, fragte sie, aber es klang so, als erwarte sie als Antwort nur: Tiefenentspannung.

Tja, das war eindeutig das »Berlin-Syndrom«. Burnout nach exzessivem Genuss der Hauptstadt. Berlin ging einem durch und durch und am nächsten Tag war man das dann meistens auch, also, komplett durch – den Wind.

Aber so leicht kamen mir meine Freunde nicht davon. Heute stand der Mauerpark auf dem Programm, wo jeden Sonntag Flohmarkt war. Darauf freute ich mich schon, seit Markus mir darüber im Zug vorgelesen hatte. Es sollte einer der größten von Berlin sein und hatte das ganze Jahr über am Wochenende von 8 bis 18 Uhr geöffnet. Natürlich macht ein Flohmarktbummel am meisten Spaß, wenn das Wetter mitspielt. Und heute spielte es mit, besser als an diesem herrlichen Augusttag konnte es kaum sein, zudem war ja auch noch mein Geburtstag. Also ergriff ich die Initiative.

»Ich denke, wir kommen erst mal im Tag an und entspannen noch eine Runde beim Brunch. Wenn wir uns wieder fit genug fühlen, wären dann Mauerpark und Flohmarkt wohl eine gute Sache. Falls es zu heiß wird, ziehen wir uns in den Schatten der Hackeschen Höfe zurück.«

Der Vorschlag kam super an.

Es war kurz nach 14 Uhr, als wir uns mit einem Sammeltaxi zum Mauerpark bringen ließen. Normalerweise erreicht man das Gelände auch gut mit der Tram oder U-Bahn, aber bei sechs Leuten nahm sich das preislich nicht allzu viel und so schlaff, wie wir bei der Hitze alle waren, war ein gut klimatisiertes Taxi schon ein vertretbarer Luxus.

**Berlin ist ... *wenn man aus allem Geld machen kann, was woanders als Restmüll entsorgt wird!***

Kaum waren wir an der Wolliner Straße ausgestiegen, sahen wir auch schon ein munteres Völkchen zum Mauerpark strömen. Altersmäßig mehrere Generationen umfassend und ansonsten ein bunter Ethnomix bis hin zu den unvermeidlichen Touristentrupps und den in ihrem Gefolge überall in Europa auftauchenden Schwarzafrikanern, die mit jedwedem Kitsch bepackt, im Einzugsbereich des Flohmarktes illegal ihre Ware anboten.

»Passt aber auf eure Geldbörsen auf«, ermahnte ich meine Freunde am Eingang des Flohmarktes. »Das ist hier für Taschendiebe ein lohnendes Revier!«

Gerard lachte. »Du hast gut gelernt in Paris!«, meinte er.

Oh ja, große Städte und viel Publikum lockten diese Gauner überall auf der Welt an. Also sicher auch in Berlin.

Irgendwo habe ich gelesen, der Flohmarkt im Mauerpark sei eine typische Happy-go-lucky-Szenerie, und fand diese Atmosphäre auch wirklich bestätigt.

Dieses entspannte Dahinfließen des Besucherstroms war allerdings außergewöhnlich, denn eigentlich hat der Berliner nie Zeit, weshalb er auch nicht geht, sondern eilt. Man kann sagen, er hetzt durch den Tag, egal ob Job oder Freizeit. Es fällt ihm darum auch schwer, einfach mal zu genießen. Aber hier und heute musste ich diesen Eindruck revidieren, denn ich hörte manchen urberliner Zungenschlag und er kam nicht nur von den Standbetreibern, sondern auch aus dem Munde von manchem träge vorwärtstreibenden Einheimischen: »Nu jib ma Ruhe, Erna, dit is hier nich die Avus.«

Als passionierte Flohmarktgängerin tauchte ich bald mit viel Lust in das Getümmel ab und mein Sammlerherz begann höherzuschlagen.

Vom studentischen Ramsch aus einer WG-Auflösung bis zur echten Antiquität gab es nichts, was es nicht gab! Besonderes Highlight waren Nostalgie-Artikel aus DDR-Zeiten, wie etwa Mitropa-Geschirr, blaue Pionierhemden, rote Halstücher oder Uniformteile der ehemaligen Volksarmee. Neben jeder Menge Kitsch und den unvermeidlichen Schmuckständen der afrikanischen Folklore-Fraktion fanden wir aber zu unserem Entzücken auch richtig coole Klamottenstände von jungen Berliner Designern. Absolut angesagte Teile, und Hanna und Kati schlugen sofort zu, kauften sich zwei abgefahrene Shirts und Kati noch einen nostalgischen Filzhut. Nicht schön, aber falsch trällerte sie beim Aufprobieren: *»Ich bin die fesche Lola, der Liebling der Saison …«*

Na, wenn sie meinte. Singen war nicht so ihr Ding, aber der Hut passte gut und war sicher mit Pfauenfeder megaschick.

**Berlin ist ...** ***wo jeder glaubt, ein Talent zu haben, und alle die keins haben, auch Applaus kriegen!***

Nach dieser Trödelorgie waren wir aber auch schon wieder reichlich ausgepowert und beschlossen, zu den Hackeschen Höfen überzuwechseln, als plötzlich laute Mucke ertönte.

»Was geht denn da ab?«, wollte Kati gleich wissen, denn wenn die Musik hörte, war sie sofort im Partymodus, egal, ob ihr noch der Kater vom Vorabend auf der Schulter lümmelte.

Ich hatte ehrlich gesagt keinen blassen Schimmer, wo die Musik herkam und ob da was abging. Aber auch Hanna war sofort angeflämmelt.

»Los, lasst uns nachsehen, das klingt gut!«

Wir strebten also in Richtung der nun doch etwas kuriosen Töne. Irgendwer sang da was von Madonna, ohne auch nur annähernd Madonna zu sein! Hm ...

Klang nach irgendwelchen nicht besonders begnadeten Straßenmusikanten ... dafür war allerdings die Begleitung eigentlich zu professionell und der Sound lief auf jeden Fall über fette Boxen. Nun brandete Beifall auf und Rufe, die bei Weitem lauter waren als die Musik. Da musste ja tatsächlich richtig was abgehen.

Mit uns wanderten zudem noch viele andere Besucher des Parks in dieselbe Richtung, was Kati vor Erregung geradezu fiebern ließ.

Es war dann in der Tat wirklich outstanding! Irgendwie fühlte ich mich plötzlich in eine andere Welt versetzt, denn vor uns lag das Halbrund eines kleinen, aber prall besetzten Amphitheaters, umgeben von säulenartigem Gehölz, was eine geradezu mediterrane Atmosphäre ausstrahlte.

»Wow«, rutschte es mir heraus. »Das ist ja toll!«

»Karaoke!«, rief Hanna begeistert und deutete auf ein Schild.

Tatsächlich, da stand *Bear Pit Karaoke* und auf dem mit Kopfstein gepflastertem Platz vor der Tribüne standen zwei fette mobile Boxen einer Karaoke-Anlage. Soeben sagte ein launiger Moderator mit einem englischen Akzent den nächsten Selbstdarsteller an.

Es war eine Selbstdarstellerin. Ein Mädchen, so um die zwanzig, in einem roten Kleid mit weißen Polkadots und einem ausschwingenden Glockenrock. Im brünetten Haar trug sie stilecht einen roten Haarreif mit Schleife. Sie wirkte schüchtern und sang zum Outfit passend einen Schlager, vermutlich aus den Fifties. Das war echte Oldie-Nostalgie!

Weil sowohl Kati als auch Hanna den Eindruck machten, hier etwas länger verweilen zu wollen, ich aber keine Lust hatte, mir die Beine in den Bauch zu stehen, schlug ich vor, auf der Tribüne nach einem Sitzplatz zu suchen. Das war nicht so einfach, denn die Ränge des Amphitheaters waren bis oben hin belagert. Dicht an dicht hockte da offensichtlich ein echtes Stammpublikum, durchmischt mit deutlich als Touristen zu identifizierenden Zufallsbesuchern. Altersmäßig und sozial komplett gemixt, zwei Schwule neben einem alten Ehepaar, ein Freundinnen-Trio neben einer Familie mit kleinen Kindern und überall natürlich dicht aufeinanderklebende, Händchen haltende oder knutschende Pärchen.

Oh, was war das toll! Wie kriegte Berlin das nur hin, plötzlich so gelöst und leicht zu sein? So ganz und gar undeutsch! Es war, als öffnete es die Arme, um jeden hier herzlich in Empfang zu nehmen.

Mal wieder musste ich über diese Stadt staunen. Wo war denn plötzlich ihre legendäre Ruppigkeit geblieben?

Viel Hoffnung auf einen Sitzplatz machten wir uns allerdings nicht, und sechs Plätze nebeneinander zu finden, schien völlig unmöglich.

Einige der Anwesenden wohnten hier wohl, jedenfalls wirkten sie wie Dauercamper, hatten weiche Kissen unterm Po und zwischen sich Getränkekisten oder Thermosflaschen und Kühlboxen stehen.

Zu unserem Glück brach dann eine größere Touri-Gruppe geschlossen auf und wir ergatterten deren Sitzplätze. Auf dem Rund der Arena-Bühne hatten inzwischen mehrere Wechsel stattgefunden und für jede Nummer, egal wie schlecht sie war, gab es freundlichen Applaus. Sympathisch. Markus hatte sich in seinem alternativen Stadtführer über die Location schlaugemacht.

»*Bear Pit Karaoke* wird seit 2009 von einem Iren betrieben. Er heißt Joe Hatchiban. Läuft hier im Sommer jeden Sonntag ab 15 Uhr. Gilt als Kult-Event.« Sah ganz so aus.

»Was heißt *Bear Pit?*«, fragte Kati.

»Hier steht *Karaoke in der Bärengrube«,* sagte Markus.

»Passt«, fand ich. »Bei den Römern hätte man sicherlich in einer solchen Arena die Sänger, die dem Publikum nicht gefallen haben, den Bären zum Fraß vorgeworfen.«

Kati kicherte. »Schön, dass die Leute hier toleranter sind.« Apropos Fressen, soeben fraß ein Italian Lover bei *Ti amo* fast das Mikro auf, was die Stimme aber nicht cremiger machte. Die Amore fiel also etwas ärmlich aus. Nun kündigte Joe eine Pause an und forderte das Publikum auf, mal selbst aktiv zu werden. Es war nur eine Frage des Augenblicks, bis Kati sagte: »Hanna, ran! Der meint dich!« Klar, dass wir anderen sie sofort unterstützten.

Hanna zierte sich nicht lange. Es reizte sie ganz sicher auch, an einem so außergewöhnlichen Ort zu singen, schließlich hatte sie musikalisch einiges erlebt und schöne Erfolge vorzuweisen. Solche Leute schien Joe zu suchen, denn ich sah ihn nicken, Hanna die Hand schütteln und ihr einen Platz neben der Arena anbieten. Gerard blieb natürlich bei ihr.

Krass! Ich zückte mein Handy.

»Ich mache ein Video«, sagte ich, »schießt ihr noch ein paar Fotos. Das muss dokumentiert werden. Hanna in Berlin beim *Bear Pit Karaoke!* Saugeil … äh … voll knorke!«

Vor Hanna sang auch noch ein Typ, der scheinbar die Nacht in einem Müllcontainer gepennt hatte, jedenfalls sah er ziemlich angeranzt aus. Er legte eine Gitarre neben sich ab, die auch schon mal bessere Tage gesehen hatte. Hm, bei dem konnte ich mir vorstellen, dass er seinen Lebensunterhalt als Straßenmusiker in einem Hut sammelte.

Bald lag über dem ganzen Amphitheater eine gebannte Stille, in der die unglaublich sanfte Stimme des Sängers eine fast schon magische Stimmung zauberte.

Das Klatschen war ohrenbetäubend, ja geradezu frenetisch. Die drei Hip-Hopper, die nach ihm kamen, konnten einem eigentlich leidtun. Da war nichts mehr zu toppen. Aber sie brachten einen bekannten Song von *50 Cent* mit sehr lässigen Breakdance-Einlagen und bekamen ebenfalls ihren verdienten Applaus. Da war das Publikum offenbar absolut fair und ließ jede Leistung für sich gelten.

Hanna empfand das wohl auch so, jedenfalls griff sie voll entspannt zum Mikro, und als die ersten Takte erklangen, sang sie so weich und emotional, dass sie einfach jeden hier berührte.

*»… Weil ich so gerne fliege, ohne Fallschirm fall und nichts bereue … weil ich so gerne liebe! Und ich*

*könnt's schon wieder tun – ich könnt's schon wieder tun – ich könnt's schon wieder!«*

Ach, wie musste es ihr gut gehen mit Gerard, dachte ich und schob ganz automatisch meine Hand in die von Markus.

Hanna lächelte zu Gerard rüber, und als sie den Song von *MIA* beendete und das Mikro an Joe zurückgab, da klatschten sich die Leute auch für sie die Finger wund. Mehr konnte sie sich wirklich nicht wünschen.

Später fiel sie mir um den Hals und drückte mir einen Schmatzer auf die Wange.

»Das war so cool«, stammelte sie, »so cool. Ich verstehe gar nicht, dass wir nicht schon öfter hier waren. Ich danke dir für die tolle Einladung! Hach, ich liebe Berlin!«

# 8. TAG

## MONTAG – AM FRÜHEN NACHMITTAG

*Liebes, bestes Tagebuch,*
*ich bin ja so glücklich und zugleich auch traurig.*
*Gestern haben wir noch mal die volle Dosis Berlin zu uns genommen, und weil es ja auch mein Geburtstag war, werde ich diesen Tag nie vergessen.*
*Jetzt sitzen Markus und ich schon mit Kati und Tobi im Zug. Denn leider müssen wir heute wieder nach Hause fahren, obwohl, ehrlich gesagt, niemand von uns dazu wirklich Lust hat.*
*Aber Gerard muss weiter für sein Examen büffeln und morgen kommt auch mein Dad aus Amerika zurück und hat schon wieder Geschäftsfreunde im Haus. Da heißt es wohl oder übel Abschied nehmen. Ich gebe zu, es fällt schwer.*
*Wir haben noch zusammen die Reste aus dem Kühlschrank aufgegessen und so weit aufgeräumt, dass die Putzfrau nicht gleich beim Betreten der Wohnung in Ohnmacht fällt.*
*Beim Abschied von Hanna und Gerard kamen mir fast die Tränen.*

*Aber ehe ich hier lang und breit lamentiere, erzähle ich doch vielleicht lieber, was wir gestern noch erlebt haben.*

**Berlin ist ...** ***wenn du ganz unverhofft über die Geschichte stolperst***

Da wir nach dem Karaoke genug durchgekocht waren, machten wir uns vorbei an ein paar Mauerresten mit krassen Graffitis auf den Weg zu den Hackeschen Höfen, wo wir uns in einem der schattigen Biergärten abkühlen wollten.

Viel Mauergeschichte gab es im Mauerpark nicht zu sehen. Dafür aber an der Bernauer Straße, durch die uns mehr zufällig unser Weg führte. Unversehens standen wir so vor den historischen Resten der Teilung dieser Stadt.

Eigentlich war es zu warm und wir alles andere als in der richtigen Stimmung, um uns das jetzt anzutun. Aber das ist eben Berlin: Es klopft dir eben noch kumpelhaft auf die Schulter und tritt dir dann in den Arsch. Das ist der ewige Zwiespalt zwischen seiner menschlichen und seiner unmenschlichen Seite. Die kriegt ein Tourist oft nicht so mit, weil er selten, wie wir in diesem Moment, mit einem solchen Hochgefühl plötzlich in die finsterste Vergangenheit geworfen wird. Da bleibt dir plötzlich das Lachen förmlich im Hals stecken.

Aber okay, wir waren nun mal da und würden ganz sicher nicht noch einmal hierherkommen, denn es war nicht nur mein Geburtstag, sondern auch unser letzter Tag in Berlin. Da wir keine Menschen waren, die vor der Realität die Augen verschlossen, und Gerard sich fast schon schämte, dass er in all den Jahren, die er nun schon in Potsdam studierte, nicht einmal an diesem Ort gewesen war, gingen wir also weiter bis zur Gedenkstätte Berliner Mauer. Die hatte, obwohl Sonntag war, sogar geöffnet.

Also fanden wir keine Ausrede mehr, uns der Konfrontation mit der Geschichte dieser Stadt, die ja auch unsere deutsche Geschichte war, zu entziehen. Das war jetzt Pflicht.

Ich musste an Paris denken, und wie einfühlsam Philippe mir dessen Geschichte nahegebracht hatte, und so war es nun eine Selbstverständlichkeit, mich auch der Vergangenheit meiner eigenen Hauptstadt zu stellen.

*Um das hier zu verstehen, muss man sich ein bisschen Zeit nehmen, sowohl für das Dokumentationszentrum als auch für das Freigelände.*

*An der Bernauer Straße spielten sich beim Bau der Mauer hochdramatische Szenen ab, welche dieser Straße einen zwiespältigen Ruhm brachten, weil hier die meisten Fernsehsender ihre Übertragungswagen aufgebaut hatten.*

*Das hing damit zusammen, dass die Häuser auf der einen Straßenseite zur DDR gehörten und der daran angrenzende Straßenteil zur BRD. Viele Menschen*

*retteten sich daher buchstäblich in letzter Minute mit einem Sprung aus dem Fenster in die Freiheit. Andere wurden von DDR-Grenzern zurückgezerrt oder sogar erschossen.*
*Im Inneren der Gedenkstätte erinnert das Fenster des Gedenkens an all diejenigen, denen die Flucht nicht gelang und die hier ihr Leben lassen mussten. Nur weil sie nicht länger in ihrem Land eingesperrt sein wollten. Heute sind die Häuser abgerissen, aber man kann auf dem Boden ihre markierten Grundrisse sehen und sogar eine Tunnelanlage, durch die ebenfalls Menschen geflohen sind.*
*Ich finde es gut, dass auch ein Grenzturm zur Außenanlage gehört und man von der Aussichtsplattform zwischen den Mauerresten und Originalteilen der Grenzbefestigung den Verlauf des Todesstreifens sehen kann. Sonst ist davon in Berlin ja praktisch nichts mehr erhalten. Der Mensch vergisst sehr schnell, aber es gibt Dinge, die müssen im kollektiven Bewusstsein einer Nation für immer festgehalten werden, meint unser Geschichtslehrer. Das ist auch deswegen so wichtig, weil der einzelne Mensch ein Anrecht auf das Vergessen haben soll, ohne dass die Erinnerung aller verloren geht.*
*In Berlin habe ich immer wieder das Gefühl, dass der Mensch wirklich aus der Geschichte lernen muss. Das konnte ich den Erwachsenen bisher nie wirklich abnehmen. Dieser Stadt aber schon, denn sie lebt diesen Gedanken tagtäglich.*

»Wie ein Hochsicherheitsknast«, sagte Markus, und Tobi nickte. Da unentdeckt durchzukommen, schien uns ganz unmöglich.

»Es ist keine Wunder, dass die Menschen nur noch wollten diese Mauer niederreißen und hineinschlagen große Löcher …«, sagte Gerard. »Es ist ein großartige Leistung, dass euer Volk das hat geschafft ohne Blutvergießen.«

Angesichts der brutalen Grenzbefestigungen kam auch mir das fast wie ein Wunder vor. Im Geschichtsunterricht sieht man zwar diese Bilder, aber wenn man davorsteht, ist es doch ganz anders, richtig heftig.

»Ich glaube, selbst die Grenzsoldaten fanden es am Ende zum Kotzen, einem Staat zu dienen, vor dem die Menschen weglaufen wollten«, sagte Hanna. »Die haben doch selber ihre Gewehre weggeworfen und rübergemacht, als es 1989 hieß, ab sofort darf ausgereist werden.«

Wir hatten inzwischen eine Menge Filme im Fernsehen gesehen, die sich mit dieser Zeit beschäftigten: vom »Leben der Anderen« bis zur »Frau vom Checkpoint Charly«. Darin ist viel erklärt und aufgearbeitet worden. So sahen wir das hier nicht unvorbereitet. Aber die Mauerstücke zwischen den riesigen Stahlplatten und die vielen rostigen, dünnen Eisenstangen, die den ehemaligen Verlauf der Mauer nachzeichneten, die ließen mich doch trotz der Hitze eine leichte Gänsehaut am ganzen Körper spüren.

»Niemand hat die Absicht, eine Mauer zu errichten«, sagte ich zu Gerard. »Weißt du, wer das gesagt hat?« Er schüttelte den Kopf. »Der Staatsratsvorsitzende der DDR, Walter Ulbricht, wenige Tage bevor dann nachts die Arbeiterkolonnen anrückten. Der hat den ganzen Westen verarscht«, sagte ich und war richtig wütend.

Markus legte seinen Arm um mich. »Komm, Mila«, sagte er feinfühlig, »beruhige dich, das ist nun vorbei ... sehr lange vorbei ... Wir können froh sein, dass wir mit dieser Hypothek nicht mehr leben müssen. Wir gehen jetzt einfach mal in den Osten von Berlin und genießen die Freiheit dort.«

Tobi lachte. »Am besten bei einer kühlen Limo, mir kocht schon das Gehirn.« Und plötzlich sah ich nicht mehr nur das Dunkle, sondern auch die Bilder der unzähligen »Mauerspechte«, die mit beharrlichem Klopfen diesen »antiimperialistischen Schutzwall« zum Einsturz gebracht hatten. Das waren fröhliche und optimistische Erinnerungen, die den Weg in eine Zukunft wiesen, in der alle Deutschen frei sein konnten.

Wir verließen die Mauergedenkstätte, strichen die Hackeschen Höfe und schlenderten in gemächlichem Tempo zur U-Bahn, denn wir hatten ja noch was für den Abend vor und wollten uns dafür im Penthouse ein bisschen schick machen.

*Vielleicht mag es älteren Menschen, die von der Mauer noch betroffen waren, ungewöhnlich erscheinen, viel-*

*leicht sogar ein wenig pietätlos, aber ich kann jedem nur empfehlen, es genauso zu machen wie wir: an einem Sommertag zum Flohmarkt und zum* Bear Pit Karaoke *und anschließend in die Bernauer Straße zu gehen.*
*Man kann die positive Aufladung gebrauchen, um das, was man dort an unmenschlicher Grausamkeit erfährt, besser zu verkraften, und sich auch darüber bewusst zu werden, dass selbst so eine Mauer diese Stadt nicht für ewig trennen konnte. Viele Westberliner wohnen heute im Osten und umgekehrt, sie sind eben alle Berliner und auch alle, die hier gestrandet sind oder als Neubürger aus ganz Deutschland und der Welt zugezogen sind, gehören dazu – wenn sie wollen und sich dieser Stadt wirklich öffnen.*
*Wir können so froh sein, dass die Zeit der brutalen Teilung durch Beton und Stacheldraht vorbei ist.*

»Man nur kann hoffen, dass Berlin nicht durch andere Mauern sich erneut lässt zerteilen«, meinte Gerard während der Fahrt in der U-Bahn. Man sah ihm an, dass ihn der Besuch an der Mauer sehr nachdenklich gestimmt hatte. »Wir haben eine große Problem mit die Ghettos an die Peripherique von Paris.«

Ich konnte seine Sorge inzwischen sehr gut nachvollziehen. »Das betrifft wohl alle großen Städte«, sagte ich. »Aber gerade hier in Berlin sollte man wissen, was es heißt, eine Grenze zwischen Stadtteilen zu haben.«

»Ihr dürft es nicht mehr lassen zu«, meinte Gerard, »auch nicht in die Köpfe der Menschen.«

Hanna nickte. »Da hast du recht. Mauern im Denken sind die größte Gefahr für die Einheit. Sie grenzen ab und sie grenzen aus, und das können wir alle nicht gebrauchen. Wo wir doch erst zwei Jahrzehnte überhaupt wieder ein vereintes Volk sind.«

Markus lachte, was aber ein wenig unbehaglich wirkte. »Das war jetzt das Wort zum Sonntag und darauf trinken wir einen. So wurde es bei uns auf dem Dorf früher immer gehalten: erst Kirche, dann Kneipe!«

Gerard und Tobi ließen sich von seinem Versuch, zur Normalität zurückzukehren, anstecken, und als wir im Penthouse ankamen, holten sie gleich Getränke aus dem Kühlschrank. Ich glaube, die Kerls waren einfach nur froh, nach dieser historischen Achterbahnfahrt der zwiespältigen Gefühle wieder in der Gegenwart angekommen zu sein.

Und mir ging es ehrlich gesagt nicht anders. Die Sonne schien und es war doch eigentlich alles gut. Außerdem war immer noch mein Geburtstag!

Wie singt Marius Müller-Westernhagen: Tanzt, auch wenn es auf den Gräbern der Toten ist, tanzt und feiert, denn es ist einzig und alleine die Freiheit, die zählt.

Wer die hier in Berlin nicht findet, seine Freiheit, der findet sie vermutlich nirgends auf der Welt.

Und darum ist Berlin auch für viele Menschen ein Synonym für Freiheit. Es steht dafür, dass sich letztlich jedes Unrechtssystem überwinden lässt. Und das macht unglaublich viel Mut.

Irgendwie hat der Berliner mit der Mauer auch sich selbst ein bisschen überwunden, finde ich. Er, der ständig Eilende, der Ruhelose, hat erstaunlich viel Geduld bewiesen und wurde dafür schließlich belohnt.

»Tja, Mila«, sagte Markus grinsend, weil ich wohl mal wieder laut gedacht hatte, »da nimm dir dann mal ein Beispiel dran! An der Geduld.«

Was genau meinte er denn jetzt damit? Geduld wobei?

Im Penthouse hatten wir uns mal wieder im Freien auf die Liegen gelümmelt, aßen die unterwegs beim Imbiss gekauften Falafel und ließen die Erlebnisse des Tages sacken.

»Du warst so toll, Hanna«, lobte Kati noch mal Hannas Karaokeauftritt im Mauerpark. Hanna schlürfte Cola und grunzte zufrieden mit vollem Mund: »Absolut coole Location.«

War das nicht Tobis Spruch? Egal, es war schön, dass ich ihr damit so eine Freude machen konnte.

Sie stieß Gerard mit dem Ellbogen in die Seite. »Gehst du da mit mir mal wieder hin?«

Er antwortete mit leicht säuerlicher Miene und starkem französischem Akzent: »Muss das sein, wirklisch?«

Hanna drohte ihm scherzhaft und meinte: »Ja, muss!«

Er zuckte mit den Schultern: »Dann ich kann machen nichts … okay … du hast mich gekriegt herum, aber wir dann singen eine Duett!«

Ich grinste, aha, hatte ich doch den richtigen Riecher gehabt, Gerard war für die Musik noch nicht ganz verloren – trotz des Jurastudiums und der väterlichen Anwaltskanzlei, die er in Paris mal übernehmen sollte.

Hanna freute sich und dankte ihm mit einem dicken Kuss. »Super, das machen wir … ich weiß auch schon einen Song …«

Sagte ich bereits, dass Berlin Musik ist?

**Berlin ist …** ***wenn Musik nicht nur die Ohren erreicht, sondern auch die Herzen berührt***

Das trifft für viele Menschen zu, die in Berlin Musik machen, ganz einzigartig aber für das Musical, das wir am Abend meines Geburtstags noch besuchten. Denn mein Dad hatte mir Karten für Udo Lindenbergs »Hinterm Horizont« im Stage-Theater am Potsdamer Platz geschenkt.

Um 19 Uhr ging es los. Das Theater ist zwar sehr modern, der Saal aber komplett in Rot gehalten, Stühle, Wände, Teppiche … das wirkte plüschig. So richtig schön klassisch theatermäßig, weiche Sitze wie in einem Multiplex-Kino … kurz: eine total angenehme Atmo. Unsere Plätze lagen im ersten Rang in der siebten Reihe in der Mitte und wir hatten von dort aus einen prima Blick auf die Bühne. Ein riesiges von Udo Lindenberg gestaltetes Bild hing da bei offenem Vorhang als Bühnenprospekt. Doch, der malt auch! Es zeigte Udo westlich vom Brandenburger Tor, während ihm ein Mädchen im Bikini von Osten anschmachtend entgegenzufliegen schien. Damit war das Thema eigentlich auch schon umrissen. Sänger aus Westberlin trifft Mädchen aus Ostberlin, beide verlieben sich ineinander und können doch nicht zusammenkommen, weil es dem bösen Onkel Honecker und den übrigen alten Herren aus der DDR-Regierungsriege nicht gefällt. Doch irgendwann fällt die Mauer …

Das wurde mit fetzigen Songs, schmissigen Balletteinlagen – genial auch die Szene »Gitarren statt Knarren« – und coolen Regieeinfällen dargestellt. Das Bühnenbild mit einem gigantischen Udo-Hut, auf dem die Schauspieler herumlaufen konnten und der sich immer mal wieder in die Luft erhob, war so eine tolle Idee. Auch die Filmeinspieler aus der deutschen Geschichte, bis hin zum Mauerfall, passten super in das multimediale Gesamtkonzept.

Das war streckenweise richtig witzig umgesetzt, zum Beispiel, wenn eine Verfolgungsjagd hinter einer riesigen Medienwand stattfand. Durchweg bekam man einen ironischen Blick auf das Geschehen in der früheren DDR, was bei der wildromantischen Liebesstory immer wieder Lacher und jede Menge Szenenapplaus auslöste.

Der Hauptdarsteller war wirklich klasse und nuschelte fast genauso wie Udo, nur besser verständlich. Die Songs, fast überwiegend alte Hits von Udo – wie *Andrea Doria … Alles im Griff auf dem sinkenden Schiff* – wurden durchweg im Panikorchester-Megasound präsentiert. Das war streckenweise echt bombastisch, traf aber im Publikum offensichtlich auf Hardcore-Udo-Fans und löste frenetischen Beifall aus.

Als dann auch noch bei einer Republikflucht per Ballon der Schauspieler an einem Luftballon mit dem Logo der FDJ über den Zuschauerraum entschwebte, kochte die Stimmung fast über. Ich sagte ja schon, neben der typischen Udo-Mucke gab es total nette Regieeinfälle und für Verliebte natürlich auch eine ordentliche Dosis Romantik. Die erwischte sogar Markus, denn irgendwann griff er nach meiner Hand und ließ sie bis zum Ende der Vorstellung nicht mehr los.

*Also die Karten für das Musical sind echt schweineteuer, aber es lohnt sich wirklich. »Hinterm Horizont« wird sicherlich noch lange laufen, denn es gehört einfach in diese Stadt, in der, wie nirgendwo sonst in unserem Land, die Geschichte des geteilten Deutschlands immer noch präsent ist. Einfach weil sie hier wirklich die Geschichte von Menschen ist, die das alles miterlebt haben. Darum ist es toll, dass dieses Musical mit*

*seiner süßen Liebesgeschichte auch die historischen Ereignisse nicht vergessen lässt, deren Zeugnissen wir ja heute selbst an der Bernauer Straße begegnet waren. Es war hier in Berlin, wo sich die Grenze zuerst öffnete, die Leute haben auf der Mauer gestanden, später haben sie getanzt vor Freude …*
*Mir kamen bei den Bildern echt die Tränen, weil die so emotional waren und die mitreißende Musik dazu ihr Übriges tat … Ich bin kein Udo-Lindenberg-Fan … der fällt für mich irgendwie aus der Zeit … Ich verstehe vieles, von dem, was er sagt, auch nicht … aber was er über eine bunte Republik gesagt hat, find ich echt cool!*
*Und die Botschaft dieses Musicals ist so einfach wie einleuchtend: Liebe überwindet alle Grenzen. Vielleicht nicht sofort, aber irgendwann … mit etwas Geduld … Zwei, die sich lieben, können sich nie verlier'n!*
*Also auf die Karten sparen und unbedingt reingehen, denn:*
*Hinterm Horizont geht's weiter … immer …*

Ein paar Schritte vom Theater entfernt, in Richtung U-Bahnhof Potsdamer Platz, lag ein kleines, feines Weinlokal, in dem Dad uns einen Tisch bestellt hatte. Er war Stammkunde hier und ging wohl öfter mal mit Geschäftskunden und Schauspielern hin. Wir wurden daher sehr zuvorkommend behandelt. Das Lokal war schon von der Einrichtung her sehenswert, denn in bis zur Decke reichenden Holzregalen standen und lagen Unmengen von Wein- und Champagnerflaschen. Wir entschieden uns für viel Wasser und etwas Wein, bei dessen Auswahl wir uns von Gerard beraten ließen. Ohne dass wir etwas sagen mussten, wurden uns auf einem riesigen Holzbrett, das fast den ganzen Tisch einnahm, feine Leckereien dazu serviert: Parma- und Serrano-Schinken, verschiedene Käsesorten, getrocknete Tomaten, Oliven, gebratene Zucchini-Röllchen … das Wasser lief einem schon beim bloßen Anblick im Mund zusammen. Das war genau das Richtige zum Abschluss meines Geburtstags.

Wir stießen mit dem leicht und mild schmeckenden Rotwein noch mal auf meinen Ehrentag an und genossen das wunderschöne Ambiente und das leckere Essen.

»Und was stimmt nun genau von der Story?«, wollte ich wissen. »Es heißt doch, dass Udo selbst auch so eine Liebesgeschichte hatte, mit einem Mädchen aus dem Osten.«

Kati, die über Promiklatsch immer bestens informiert war, meinte: »Er hat einen Sohn, vielleicht war es ja tatsächlich so, dass er bei seinem Konzert in Moskau das Mädchen noch mal getroffen hat …«

Hanna kicherte. »Klar, und dann hatten sie gleich ungeschützten Verkehr und es war geschehen.«

Gerard grinste. »Das doch sollte so eine erfahrene Mann wie Udo nicht passieren eigentlich …«

Tobi lief schon wieder rötlich an … offenbar dämmerte ihm, dass er auf dem besten Weg gewesen war, eine ähnliche Dummheit zu machen War ja noch mal gut gegangen.

Ich wechselte das Thema und kam auf die bevorstehende Abreise zu sprechen. Das wollte aber niemand gerne hören, und so wurde es schnell verdrängt und das gemütliche Beisammensein in diesem hübschen Lokal noch etwas ausgedehnt und weiter bei mehr oder eher weniger tiefschürfenden Gesprächen fröhlich genossen.

Allmählich schlich sich dann doch die nötige Bettschwere an. Bevor wir aufbrachen, nippte ich noch mal am Glas von Markus ... und an Markus auch gleich ... so ein süffiger MarKUSS ist echt lecker.

Auf dem Weg zum Taxistand stolperten wir dann förmlich über den Walk of Fame ... also die German-Edition davon, den Boulevard der Stars.

Das war ein Stück Mittelstreifen der Potsdamer Straße, das aussah wie eine Tartanbahn. Aber natürlich sollte der eingefärbte Beton keine Rennstrecke, sondern einen roten Teppich symbolisieren, womit er auch wirklich eine gewisse Ähnlichkeit hatte. In den Belag waren viele ganz ansehnliche Messingsterne eingelassen. Also Messing oder eine ähnliche Legierung, Gold wird es schon nicht sein, obwohl das Ding eine Million Euro gekostet haben und von Brad Pitts Stararchitekt entworfen worden sein soll. Also, das sah man ihm nicht an.

Wir schritten natürlich, nachdem uns Kati, unsere Promiklatschtante, das erzählt hatte, besonders behutsam über das Million-Dollar-Baby.

Die gefüllten Sterne waren schon gewidmet und enthielten Namen und Daten des ausgezeichneten Stars und deren Autogramme. Die nicht ausgefüllten ... also von denen nur die messingfarbenen Umrisse existierten, waren wohl den Stars der Zukunft vorbehalten. Löblich. Ich fand, dass die beiden Hauptdarsteller des Musicals unbedingt einen bekommen sollten. Udo hat ja schon einen.

Wir machten uns natürlich auf die Suche nach bekannten Namen. Kati stieß einen entzückten Schrei aus, als sie Til Schweiger entdeckte, und Hanna freute sich schier weg, weil sie den Stern von Marlene Dietrich fand. Ich entdeckte Hildegard Knef und Anke Engelke, und Tobi Loriot, diesen genialen Karikaturisten, während Markus auf Bully Herbigs Stern zeigte und fragte, ob jemand Lust zu einem Ritt auf die Puderrosa-Ranch hätte, um dort die Glocken zu läuten. Scherzkeks. Aber ich spielte mit, denn natürlich kannten wir diesen Kultfilm alle von unseren DVD-Abenden.

»Spann deine Gäule ein, Alter«, sagte ich also locker, »und schmier die Kutschenräder, wir sind dabei!«

Bis zum Taxi trällerten wir Udo-Songs und im Taxi auch noch. Waren ja richtige Ohrwürmer. Die Fahrerin tat mir ein kleines bisschen leid.

Oben im Penthouse angekommen verschwanden die Pärchen immer noch singend oder ... äh ... auch lallend ... in ihren Zimmern. Nur Markus lehnte wie bestellt und nicht abgeholt an meiner statt an seiner Zimmertür. Da tat er mir irgendwie leid und ich kam mir vor wie eine Rabenmutter, die ihr Kind ohne Essen ins Bett schickt.

Ich stieß die Tür auf.

»Na, dann komm rein ...«, murmelte ich. Er stolperte mehr in den Raum, als dass er ging, und warf sich der Länge nach auf das Bett.

Gegessen wurde dann aber nicht mehr wirklich, nur noch ein bisschen genascht.

Irgendwann sehr früh am Morgen wachte ich auf. Es war noch dunkel und drückend heiß im Zimmer, weil ich die Klimaanlage ausgeschaltet hatte. Ihr Surren störte.

Ich stieg aus dem Bett und öffnete das Fenster. Erfrischende Nachtluft strömte herein. Als ich wieder ins Bett krabbelte, war auch Markus aufgewacht.

»Die Luft ist herrlich ...«, sagte er leise und setzte sich auf.

»Ja, so klar und frisch.«

Ich hockte mich zu ihm, zog die Beine an und schlang die Arme darum. Das sah jetzt vielleicht ein bisschen abweisend aus. Das wollte ich nicht ... aber ...

Er rückte näher. Ich fröstelte. Er legte seinen Arm um mich. »Es, es ist nur die Luft ... sie ist doch etwas kühl ...«

»Ja, das ist sie ... nach all der Hitze der letzten Tage ... ist sie erstaunlich kühl.«

OMG, war jetzt wirklich die Zeit, um über das Wetter zu sprechen?

»Findest, findest du mich … äh … auch … äh … kühl?«

»Ich wärme dich gerne.«

Oh ja, das war ja anzunehmen, dass es auf diese Antwort hinauslaufen würde.

»Komm doch wieder unter die Decke, dann können wir das Fenster noch ein bisschen auflassen …«

Zögernd folgte ich seiner Einladung und wir kuschelten uns gemeinsam ins Bett. Wir küssten und streichelten uns und lagen nach einer Weile entspannt auf dem Rücken nebeneinander.

»Markus?«, fragte ich leise. »Meinst du, wir machen etwas falsch?«

»Wieso, was meinst du mit falsch?«

»Na ja, hast du nicht erwartet … dass es … dass wir …?« Ich brach ab, warum kam er mir denn nicht mal ein bisschen entgegen, er wusste doch genau, wovon ich sprach?!

Ein Streifen Mondlicht fiel ins Zimmer und ich sah, dass Markus gedankenverloren an die Decke starrte. Was mochte ihm wohl durch den Kopf gehen? Dachte er dasselbe wie ich?

»Wir müssen nicht … nicht meinetwegen …«, sagte er dann und seine Stimme klang wie mit Samt belegt, so warm und weich. »Du bist dir nicht sicher, Mila, und darum ist es falsch, dass jetzt zu forcieren. Ich kann warten … wirklich.«

Ich setzte mich auf, schaute liebevoll auf ihn herab und konnte überhaupt nicht verstehen, warum ich zögerte, mit ihm den Weg unserer Liebe weiterzugehen ...

»Fehlt dir denn nichts?«, wisperte ich mit nahezu tonloser Stimme und streichelte sacht sein Gesicht.

»Fehlt dir denn etwas?«, kam leise die Gegenfrage.

»Ne... nein ... oder doch ... Hanna und Gerard sind so glücklich ...«

»Und du nicht?«

»Doch schon ... sehr sogar, aber ...«

Markus setzte sich auf und legte seinen Arm erneut um mich. Diesmal fröstelte ich nicht, sondern lehnte mich vertrauensvoll an ihn.

»Kein Aber, Mila«, sagte er und seine Stimme war sanft, doch zugleich auch fest und sicher. »Wir sind nicht Hanna und Gerard und auch nicht Kati und Tobi, wir sind wir, Markus und Mila, und wir finden unseren eigenen Weg ...«

»Aber ich habe gedacht, Berlin wäre richtig ... Ich bin so verliebt!«

»Ich auch ...«, sagte Markus und küsste mich auf die Stirn. »... und wer sagt denn, dass Berlin nicht richtig ist? Vielleicht ist es sogar sehr richtig für uns, aber vielleicht noch nicht jetzt ... Wir können doch jederzeit wieder herkommen, vielleicht sogar schon bald. Oder?«

Klar, dachte ich, immer gerne wieder!

Wir legten uns beide zurück, kuschelten uns zärtlich aneinander und küssten uns so lange, bis wir wieder einschliefen.

**Berlin ist ... *wenn man süchtig danach wird***

*Gleich werde ich mein Tagebuch zuklappen, denn wir werden bald zu Hause sein. Berlin liegt schon Hunderte Kilometer hinter uns.*
*Aber die Erinnerungen an die Tage, die ich dort mit meinen Freunden verbracht habe, nicht. Die sind noch ganz, ganz frisch. Die Stadt ist absolut toll. Ich könnte wetten, dass wir uns schon bald alle dort wiedersehen werden. Berlin macht einfach süchtig.*
*Markus schläft noch. Er ist etwas aus seinem Sitz gerutscht und lehnt jetzt mit dem Kopf an meiner Schulter. Das Tagebuch liegt auf meinen Knien, so wird das Schreiben schwierig.*
*Kati, die mit Tobi in der Reihe vor uns sitzt, dreht sich um und reicht mir ihr iPhone.*
*»Hör mal, das ist so cool.«*
*Ich muss mich etwas verrenken, um es zu erreichen. Ich will Markus ja nicht aufwecken.*
*Mit vorsichtigen Bewegungen stöpsele ich mir mit einer Hand den Kopfhörer in die Ohren und lande mitten in einer vollen und dröhnenden Packung Udo Lindenberg:*
*»... Das mit uns geht so tief rein ...*
*Das kann nie zu Ende sein ... zwei wie wir, die können sich nie verlier'n...«*

*Markus schlägt die Augen auf. Hat ihn die Musik geweckt?*
*»Stimmt«, sagt er und grinst. »Wann, sagtest du, macht dein Vater seine nächste Dienstreise?«*

*Ich bin so sicher, dass es weitergeht mit uns und unserer Liebe … dass da noch ganz viel auf uns wartet … hinterm Horizont … oder hinterm Regenbogen … oder schon beim nächsten Mal in Berlin.*

***Mila***

Zitiert werden Zeilen aus:
»Denkmal« von Wir sind Helden
»Fallschirm« von MIA.
»Horizont« von Udo Lindenberg
»Ich hab noch einen Koffer in Berlin« von Marlene Dietrich
»Kreuzberger Nächte« von Gebrüder Blattschuss
»Lili Marleen« von Lale Andersen

Milas Ferientagebücher auf Facebook:
www.facebook.com/milas.ferientagebuch

**Minte-König, Bianka:**
Milas Ferientagebuch: Berlin
ISBN 978 3 522 50384 6

Einbandgestaltung: Maria Seidel unter Verwendung
eines Fotos © 2010 Constantin Film Verleih GmbH
Schrift: Veljcovic/Flyerfonts
Satz: KCS GmbH, Buchholz/Hamburg
Reproduktion: HKS-Artmedia
Druck und Bindung: CPI – Ebner & Spiegel, Ulm

5 4 3 2 1°     13 14 15 16

www.planet-girl-verlag.de
www.biankaminte-koenig.de

Leseprobe aus
*Milas Ferientagebuch: Paris*

## SONNTAGNACHMITTAG

dimanche après-midi

*OMG!*
*Kaum da und schon bin ich komplett ins Pariser Savoir-vivre abgetaucht. Also, das heißt inzwischen wieder aufgetaucht, denn ich sitze mal kurz am antiken Sekretär in meinem Gästezimmer und habe mein Sudelbuch vor mir liegen. Viel Zeit zum Schreiben bleibt mir allerdings nicht, weil heute nämlich noch gekocht wird – all das tolle Zeug, das wir am Vormittag auf diesem absolut faszinierenden Straßenmarkt in der Rue Mouffetard eingekauft haben.*
*Ja, ich weiß, dass heute Sonntag ist, aber Paris schläft nie, schon gar nicht an einem Sonntagmorgen. Da treibt es die Feinschmecker ganz besonders früh aus*

*dem Bett, um für das Familienessen wirklich erstklassige und frische Zutaten zu besorgen. Entsprechend karg fällt dann das Frühstück aus – schließlich gibt es Wichtigeres zu tun.*
*Bei mir war es nicht anders. Ich habe das gleich am ersten Morgen hier voll zu spüren gekriegt, denn Hanna hat mich ganz schön unsanft geweckt. Dabei war ich doch noch ziemlich k.o. vom gestrigen Abend.*

**Französisches Frühstück**
Also, erst mal tauchte Hanna bei mir auf. Nach dem viel zu lauten Klopfen war sie allerdings dann doch wieder recht sanft und platzierte ein Tablett mit Kaffee und Croissants auf den kleinen Beistelltisch, der als Nachtschränkchen dient. Sie rüttelte an meiner Schulter, grinste wie ein Honigkuchenpferd und meinte resolut: »Los, frühstücken, wir wollen gleich zum Markt.«

Ich rieb mir verschlafen die Augen und gähnte, alles andere als erbaut über die Mitteilung. Mir steckten die Anreise und der gestrige Abend nebst Calvados noch in den Knochen, nie wieder lasse ich mir einen Schnaps aufdrängen! »Markt« war für mich also nicht wirklich ein Zauberwort. »Wellness-Oase« hätte mich schon eher gereizt. Daher hielt sich meine Begeisterung über Hannas Ankündigung sehr in Grenzen. Ich ließ mich wieder in die Kissen fallen und zog die Decke über den Kopf. Brutal wurde sie mir fortgerissen.

»Mila! Was soll das? Schlafen kannst du, wenn

wir wieder zu Hause sind – jetzt müssen wir jede Sekunde genießen.«

Klar, auf Teufel komm raus!

»Wenn du das Genuss nennst, in halb wachem Zustand auf einem Markt herumzutapern, dann solltest du mal deinen Geschmack überprüfen«, knurrte ich. Mit einem missmutigen Blick auf die drei ärmlichen Croissants im Brötchenkorb und den Kaffeepot nölte ich dann gleich weiter: »Ein Sonntagsfrühstück stelle ich mir auch ein bisschen üppiger vor.«

»O ja, du musst nach dem gestrigen Abend auch total ausgehungert sein!« Sie kicherte und ließ sich von meiner schlechten Laune nicht anstecken. »Nun meckere nicht. Das ist ein ganz normales französisches Frühstück. Im Hotel bekommst du auch nichts anderes. Wenn du morgens mehr essen willst, dann musst du nächstes Mal nach London fliegen, da stopfen sie dich mit Spiegeleiern, Speck und verbranntem Toast voll.« Sie grinste. »Also, mir ist da ein frisches Croissant sehr viel lieber.«

»Aha, bist du auf Diät?«

»Quatsch. Komm, hör jetzt auf mit dem Gezicke, genieß lieber die leckeren Croissants, die hat Gerard extra frisch aus der Boulangerie geholt. Sei dankbar und dann raus aus dem Bett, wir wollen los.«

Sie verschwand, und weil die Croissants wirklich vorzüglich dufteten und der Kaffee ebenfalls, griff ich zu und genoss nun doch noch ein versöhnliches Frühstück im Bett.

### Erste Begegnung mit Gerards Familie

Im Entrée, wo wir uns wenig später versammelten, lernte ich dann auch einen Teil von Gerards Familie kennen. Schien irgendwie ein Familienausflug zu werden, denn außer Gerard standen auch noch seine Mutter und ein sehr elfenhaftes Geschöpf in der Eingangsdiele, das nur seine Schwester sein konnte. Jedenfalls war das Mädchen Gerards Mutter wie aus dem Gesicht geschnitten.

»Bonjour, Mademoiselles«, begrüßte uns Madame Lezard mit einem warmen Lächeln. »Da sind ja unsere Gäste aus Deutschland. Soyez les bienvenus! Ça va?«

»Merci, Madame, très bien«, antwortete Hanna erstaunlich sprachgewandt. Hatte sie bestimmt mit Gerard gepaukt.

»Das ist Hanna, Maman«, sagte Gerard und schob Hanna zu seiner Mutter rüber. Die wirkte einen Moment sprachlos, denn Hanna war zwar ein taffes Mädchen und eine Superfreundin, aber offenbar nicht unbedingt ein Schwiegermuttertraum. Dazu war sie wohl ein bisschen zu ausgefallen vom Typ her und in ihrem Styling mit den kurzen roten Haaren und den leicht punkigen Klamotten. Besonders für diese doch sehr bürgerliche Familie, in der die Frauen eher Feen aus einem Fantasyroman oder Märchen glichen – zartgliedrig, mit hellem Schneewittchen-Teint, glänzenden langen Haaren und großen braunen Rehaugen. So eine sportlich krasse Hanna war da gewiss ein Kulturschock.

Die empfand das wohl ähnlich, denn sie trat zunächst erstaunlich schüchtern und gehemmt auf, gewann aber bald ihre Fassung zurück und murmelte auf Französisch einen Dank für die freundliche Einladung. Den plapperte ich der Einfachheit halber gleich nach, weil Hanna sich den Satz bestimmt schon zu Hause zurechtgelegt hatte und der darum in Wortwahl und Grammatik garantiert perfekt war. Krass, wie wenig ich bis jetzt mit meinem Schulfranzösisch anfangen konnte. Direkt peinlich!

»Tu es l'amie allemande?«, wandte Madame Lezard sich jetzt an mich.

»Oui, c'est moi.« Ja, das bin ich, antwortete ich. Wer außer Hannas Freundin aus Deutschland sollte ich wohl sonst sein? Eine zufällige Reisebekanntschaft aus dem Flieger?

Sie umarmte mich spontan. Als ich mich wieder von Gerards Mutter gelöst hatte, schob sich ganz plötzlich ein megagut aussehender Typ vor meine Optik und mir blieb ja so was von schlagartig die Luft weg. Wow! Aber wieso grinste der so belustigt? War mit mir was nicht okay? Ich merkte, wie ich rot wurde. Merde!

»Je m'appelle Philippe«, stellte er sich vor, um dann in astreinem Deutsch zu sagen: »Hast du gut geschlafen, die erste Nacht in unserem Haus, Mila?«

Ich musste ihn wohl sehr perplex angeschaut haben, denn sein Grinsen wurde breiter, also falls das überhaupt ging ... Oh, wie sah der gut aus ... Sein bloßer Anblick wehte alle Vokabeln aus meinem Hirn und so stammelte ich reichlich dümmlich: »Äh ... ja ... äh ... danke ... du, du sprichst ja Deutsch!«

Er lachte. »Ja, was dagegen? Ich kann auch Französisch, wenn dir das lieber ist. Ça te plaît en France?«

»Oui, beaucoup«, stammelte ich immer noch reichlich verdattert. Warum hatte mir Hanna nicht gesagt, dass Gerard einen solchen unglaublichen ... äh, ja ... Bruder hatte? Auf so was musste einer doch vorbereitet werden, das, das ging so ja gar nicht ... schnauf!

Émilie lachte nun auch und es klang etwas geziert und schrill. Die Mutter griff nach einer großen Basttasche und drängte zum Aufbruch.

»Marchons, Mademoiselles«, sagte sie und fügte jovial hinzu: »Nennt mich Blanche, es wird sonst zu kompliziert ...«

*Als ich mit Hanna die Treppe runterlief, fragte ich mich, woher Philippe so gut Deutsch konnte. Der sprach ja fast ohne Akzent! Nun, ich würde es erfahren und es war ja genau genommen super, denn dann konnten wir uns ja vielleicht sogar mal auf Deutsch unterhalten ... besser, als auf Französisch herumzustottern ... ach, das wäre toll, das würde ich gerne machen, denn er sah wirklich megagut aus! Ähm, ja, ich meine, da kann er mir doch sicher einiges über Paris erklären. Nein, mit Markus hat das nichts zu tun. Gar nichts. Ist einfach nur praktisch ... sehr praktisch.*

**Marktgetümmel in der Rue Mouffetard**

Wir gingen wieder zu Fuß. Überquerten den Boul' Mich' und erreichten bald die Rue Mouffetard, das Paradies der Feinschmeckerköche.

Gut, bei dem Straßennamen wäre man wohl nicht gleich auf die Idee gekommen, dass man hier alle nur erdenklichen Zutaten für gutes Essen findet. Er hat nämlich etwas mit Gestank zu tun, *Moufette* heißt auf Französisch Stinktier. Philippe, der uns das erklärte, amüsierte sich natürlich, als er unsere etwas angewiderten Mienen sah. Und als mir die Frage rausploppte, ob es hier nur Gammelfleisch zu kaufen gäbe oder Stinkekäse, da ergänzte er lachend: »Non, non, keine Angst, der Name hat seinen historischen Ursprung in der Zeit, als dies hier das Quartier der Gerber war. Unter dieser Straße floss ein stinkender Fluss, in dem die Gerber die abgezogenen Häute der Tiere wuschen.« Klang ziemlich eklig, fand ich.

Heute war davon erfreulicherweise wirklich nichts mehr zu sehen und vor allem zu riechen. Nur die alten Mansardendächer aus dem 17. Jahrhundert und die romantischen, teilweise ein wenig verfallen wirkenden mittelalterlichen Gebäude erinnerten an die lange Geschichte dieses Viertels. Die Straße war gesäumt von kleinen und größeren Lebensmittelläden, auf die gemalte Ladenschilder hinwiesen, und an fast jeder Ecke gab es ein einfaches Restaurant, ein Bistro oder einen *Salon de thé*, so heißen hier die Cafés. Muss man erst mal drauf kommen. Die Stühle standen entweder auf dem schmalen Gehsteig vor dem Laden oder gleich auf der Straße.

So hatte ich mir das Pariser Flair vorgestellt. Hach, wie schön! Hier kam alles zusammen: Leben, Einkaufen, Essen und Leute treffen. Besonders Letzteres schien den Franzosen am heutigen Sonntagmorgen neben dem Einkaufen besonders wichtig zu sein, denn überall sah man Menschen miteinander im Gespräch: ältere Damen, die mit den Einkaufskörben am Arm offensichtlich den neuesten Klatsch austauschten ... Männer, die einen Pastis, eine angesagte Anisschnaps-Marke, mit Wasser verdünnt an einem der Bistrotische tranken und vermutlich ansonsten dasselbe taten ... Mütter mit Kinderwagen, die einander in die Karren schauten und sich gegenseitig versicherten, wie toll sich ihr Nachwuchs seit der letzten Begegnung entwickelt hatte ... Hundebesitzer, die *Fiffi* oder *Flouflou* aus der Nachbarschaft streichelten oder ihren frisch gestylten *Bichon* auf dem Arm durchs Gewühl trugen, damit das arme Tier nicht totgetreten wurde und der Freundin präsentiert werden konnte. Pralles, aber erstaunlich gelassenes Leben.

# Frech & davon – Entdecke Milas neue Welt!

*Bianka Minte-König*
**Milas Ferientagebuch: Mallorca**

240 Seiten
ISBN 978-3-522-50303-7

Wahnsinn! Ein Schreibcamp auf Mallorca! Besser hätte sich Mila ihre Sommerferien nicht vorstellen können. Klar, dass sie in ihrem Tagebuch viel zu berichten hat: über ihre spannenden Erlebnisse auf Mallorca, ihre Freundinnen ... und natürlich die Liebe!

*Bianka Minte-König*
**Milas Ferientagebuch: Paris**

240 Seiten
ISBN 978-3-522-50319-8

Ferien in Paris – ein Traum! Sofort stürzt Mila sich ins Getümmel, um die trendigsten Viertel, die herrlichsten Boutiquen, die coolsten Szenediscos und die romantischen Trödelmärkte am Seineufer zu erobern. Als sie dann noch den charmanten Philippe kennenlernt, schwebt sie auf rosa Wolken!

**PLANET GIRL**
*Meine Welt voller Bücher!*

www.planet-girl-verlag.de